子連れ貴族のお世話係

chi-co

イースト・プレス

contents

序章

「明日から来なくていいそうだ」

「……え？」

唐突に言われた言葉に、リンは一瞬意味がわからず反応ができなかった。

家事手伝いとして雇われていた屋敷の女主人から、帰りに派遣の元締めのもとへ行くようにと言われたが、その時だってにこにこと上機嫌に笑っていたのだ。まさか、今日限りで自分を辞めさせるつもりだったなんてとても思えなかった。

派遣の元締めである六十を過ぎた初老のジュリは、呆然としているリンを見て大きな溜め息をつく。その拍子にジュリの豊満な胸が大きく揺れた。

「あんた、あの屋敷の旦那から言い寄られていただろ」

「……でも、ちゃんと断りました！」

今の屋敷に勤め始めて三カ月。その前の屋敷も一カ月余りで辞めさせられたので、今回こそはと一生懸命働いていたつもりだ。

確かに屋敷の主人からは金をちらつかされて口説かれもしたが、きっぱりとその場で断った。第一、三十以上も年上の男とそういう関係になるなんて考えもしなかったし、相手には妻と、子供が四人もいるのだ。

引き際がいいのか、それとも遊び慣れていたのか、主人はそれ以降リンを口説こうとはしてこなかった。それが、もう半月も前のことだ。それ以外、リンに後ろめたいことは一切ない。

「奥方が言うにはね、旦那があんたを見る目が気に入らないんだと」

「見る目、って……」

「まあ、自分より二十も若い女に嫉妬していることも嫌なんじゃないのかい？」

しみじみと言われて、リンは次の言葉が出てこなかった。

リンにとっては終わったことだし、元々何もなかったので堂々としていられるが、妻という立場からすれば夫が口説いた女を屋敷に置いておくことは我慢ならないということなのかもしれない。

リンは溜め息をついた。これ以上反論しても、あの屋敷にはもう二度と勤められないだろう。

「……わかりました」

「ついてないねぇ、あんたも」

「……自分でもそう思います」

最初に勤めた屋敷は、金持ちの若夫婦の屋敷だった。

リンと二歳しか違わなかった女主人は初めこそ親しい態度だったが、直《す》ぐに見下した言動を取るようになった。それは、雇われた立場なのでしかたがないと納得をしていた。

しかし、生まれて間もない赤ん坊の世話をリンに丸投げで、やがては母乳で胸が張るのが嫌だと悪態をつくようになり、一日一度も赤ん坊を抱かない日が続いて……リンは思わず言ってしまった。

「坊ちゃまも、お母さまが恋しいと思いますよ」

翌日、屋敷を門前払いされ、ジュリに問うと契約を切られてしまったことを告げられた。

その後、間もなく今行っている屋敷に勤めるようになったのだが、また同じようなことになってしまった。

（どうしよう……）

リンの家は貧乏の子だくさんの家だ。十七歳のリンを筆頭に、弟が三人、妹が二人いる。

半年前に父が病気で倒れ、既に宿屋で働いていたリンの給料だけではやっていけなくなってしまった。

一番下の妹二人は五歳の双子で母は限られた時間しか働けず、一歳下の弟が船に乗り、五歳下と八歳下の弟たちは港で荷降ろしを手伝ったり、農家の手伝いをしたりして日銭《ひぜに》を稼いでくれた。

リンも、もっと賃金の良い仕事をと探して、ようやく家事手伝いとして大きな屋敷に勤めることになったのだが――なかなか上手くいかない。

「今の王になってから賃金も労働状況も格段と良くなったが、まだまだ貴族さまには私らは逆らえない」

　確かに、現王になってからの景気は上々だし、賃金だって上がった。それでも、平民の自分たちには逆らえない相手という者はいるのだ。

　リンが溜め息をつくと、ジュリが苦笑をしながら腕を叩く。

「次の仕事も早急に探してやるけど、二、三日は待っておくれ。あんたの仕事ぶりには私も太鼓判押せるんだ。きっと次こそは良いとこ見つかるよ」

「……はい。よろしくお願いします」

　短期間で二度も辞めさせられたリンを、ジュリは切らないでいてくれる。

　それだけでも助かるので、リンは頭を下げて早く次の仕事を振り分けてもらえるように頼んだ。

第一章

突然辞めさせることを多少は悪く思ったらしい女主人は、それまでの給金とは別に、五日分の給金に当たる金をリンに渡すように言ってくれたらしい。

そのうちの二日分だけをもらい、リンは家路につくことにした。

まだ昼前で家に帰れば、母はきっと何があったのかと心配するだろう。そうさせたくないので、リンは一日でも二日でも、何か仕事がないかと市場へ向かった。

昼過ぎでも市場はかなりの人間で賑《にぎ》わっていて、美味《おい》しそうな匂いがする屋台や、新鮮な食材がリンを誘う。これらを買って帰れば弟妹たちが喜ぶのは容易に想像がつくが、次の仕事が決まるまではできるだけ節約をしたい。

(ピストさんに、しばらく手伝わせてほしいって頼んでみようかな……)

辞めた宿屋の女主人ピストはリンをとても可愛がってくれていて、時折余った惣菜《そうざい》を持ち帰らせてくれていた。頼めば短期間でも働かせてもらえるかもしれない。

そう思いついたリンは宿屋に向かおうと、歩いていた方向を変える。その時、

「……え？」

どこからか、子供の泣き声が聞こえてきた気がした。

（どこ……あ）

辺りを見回せば、三軒向こうの屋台と屋台の間に、小さな男の子がしゃがみ込んでいるのが見える。リンは咄嗟《とっさ》に駆け寄り、直ぐ目の前に自分も屈《かが》んで声を掛けた。

「どうしたの？　お母さんとお父さんは？」

「……」

リンが話しかけると、男の子は顔を上げた。大きな目からはポロポロと涙が流れ続け、時折しゃくりあげていた。身なりは良くて、多分、良いところの子供なのだろう。このままここで泣き続けていたら、もしかして人攫《さら》いに遭ってしまうかもしれない。

一番下の妹たちよりもさらに年下に見える男の子が可哀想で、リンはとにかく話しかけ続けた。

「一人できたの？」

「……ふぇ……」

「お家は？　ここから近い？」

「うぅ～」

一人になった心細さからか、男の子はなかなか自分のことを話せない。これでは家に連れて行ってやることもできないと、リンはどうしようかと考え込んだ。どちらにせよ、早く泣き止むようにしてやらなければと考えて辺りを見回し、直ぐ隣の屋台に目をやって立ち上がった。

男の子はリンがこのまま立ち去ってしまうと思ったのか、さらに顔が泣き崩れながらも視線で姿を追ってくる。それを感じながら、リンは屋台の主人に言った。

「その焼き菓子、一つ」

「はいよ」

それは、町の子供たちに人気の菓子で、小麦を練《ね》って棒に巻きつけて焼き、甘い蜜を絡めたものだ。下の弟も大好きなもので、リンは香ばしい焼き目のついたそれを受け取ると、こちらを見ている男の子に向かって差し出した。

「はい」

驚いたのか涙は止まって、興味深そうにリンが手にする菓子を見ている。しかし、なかなか手を伸ばす様子がないので、もう一度声を掛けてみた。

「美味しいわよ、食べてみて」

すると、男の子の小さな手がおずおずと伸びてきた。そして、慎重に先だけを齧《かじ》ったかと思うと、パッと顔を輝かせて今度は大きな一口で頬張った。どうやら、味が気に入ったらしい。

半分ほど食べ進んだのを見計らい、リンは持っていた手巾を取り出して涙で汚れた目元や頬を拭いてやる。逃げることも泣くこともせずに受け入れてくれる男の子の様子に安堵して、リンはもう一度聞いてみた。

「名前は？」

「……ルイス」

腹が膨れたので落ちついたのか、それとも菓子をくれたリンを良い人物だと認識したのか、男の子は今度は小さい声ながらも答えてくれた。

「ルイス。良い名前ね。歳はいくつ？」

男の子――ルイスは、右手の指を三本示す。やはり、妹たちよりも年下だった。

しかし、三歳の子供を一人で市場に行かせるのは考えにくい。これは間違いなく迷子だろう。

「お母さんか、お父さん、一緒に来たんでしょ？」

「……とおさま」

「お父さんか」

ここで母親の名前が出ないことに僅かな違和感を覚えたが、リンは直ぐにその考えを振り払った。それぞれの家庭にはそれぞれの事情があるし、単に今日は父親がルイスを連れていただけかもしれない。

「じゃあ、お姉ちゃんが一緒にお父さんを捜してあげる」

ここまできてルイスを放り出すことなどできないし、帰るに帰れないため、帰宅時間を合わせるのにもちょうどいいかもしれない。

菓子を食べ終えた口元と手を拭いてやり、リンはルイスを抱き上げる。小柄なリンにも軽々と抱ける小さな身体だ。

「さてと」

ここでルイスの名前を大きな声で呼ぶか、それとも家までの道のりを聞いた方が早いか。

多分、この歳では家までの道を正確には言えないだろうし、もしも貴族の子供だとしたら名前を連呼するのも憚《はばか》られる。

（どうしよう……）

悩んだのは僅かな時間だった。とりあえず、市場を歩いていたらルイスのことを知っている者が現れるかもしれないし、ルイスが家のことを教えてくれるかもしれない。それでもわからない場合は役所に行くしかない。今は泣かせないよう、機嫌良くさせておく方が得策だと考え、リンはゆっくりとした足取りで歩き始めた。

「今日は何をしに市場に来たの？」

「あのね、おくつ」

「おくつ……靴？」

「うん！　これ」

「へえ、すごく似合ってる」

リンに抱かれたまま、ぶらんと足を揺らしてみせてくれたが、確かに履いている靴は真新しかった。

靴を買うまでは、父親と一緒にいたということだ。

「それから？　どうしたの？」

「ねこ、いたの。おいかけたら、とおさまいなくて……」

父親と離れた状況を思い出したらしく、またじわりと目に涙が浮かんでくる。野良猫を追いかけて父親とはぐれてしまったということだが、三歳の子供がそんなに距離を歩けるとは思えない。ましてや、追いかけたという野良猫も早々に逃げてしまっただろう。

そう考えると、ここからそう遠くないところに父親はいるのではないか。

「とおさまぁ……」

「泣かないの、ルイス。直ぐに見つかるわ」

「うぅ」

「ルイスッ？」

突然、横から伸びてきた手が抱いていたルイスの身体を取り上げる。いきなりのことに呆然としたリンは、慌ててその手の主を目で追った。

（……誰？）

ルイスを抱いていたのは、背が高い男だった。

多分、二十代半ばだろうか。撫でつけた黒髪と、切れ長の碧《みどり》の瞳が射るようにリンを見る。

しかし、それも一瞬のことで、直ぐに口元を緩めてにっこりと笑ってきた。そうすると整った容貌《ようぼう》がさらに華やかになった気がする。

見るからに上等な服を着ているし、その物腰を見ても高貴な身分だろうとは予想できたが、それにしても無言で横からルイスを奪い取るなんて、ルイスが怪我《けが》をしたらどうするのか。

そう考えるとどうしても黙っていられなくて、リンは男を睨みあげながら言った。

「あなた、ルイスのお父さん？」

「ああ」

「こんな賑やかな場所で、小さな子供から目を離すなんて危険すぎます。私が人攫いだったらどうするんですか？」

相手の目を見てリンは問いかける。目上の、それも明らかに身分が上の男にこんなことを言って、後で大事になるかもしれない。それでもルイスの今後のことを考えると、一言言わなければ気が済まなかった。

「子供はじっとしていないし、好奇心も強いです。一時も目を離さないでいるのは難しいかもしれませんが、それでもできるだけ気をつけてあげてください」

すると、黙ってリンの言葉を聞いていた男が、抱き上げているルイスに向かって尋ねる。

「ルイス、彼女に助けてもらったのか？」

「うんっ」

「そうか。お前も私に似て女好きか？」

ルイスの言葉を聞いた男は、そんなバカげたことを言って、そのふっくらとした頬に唇を寄せた。

迷子になって不安で泣いていた子供に、まさか《女好き》なんて言葉を言うとは。とても父親とは思えない男のふざけた態度に、リンの眦《まなじり》はつり上がった。

「冗談ですませないで！　ちゃんとルイスに謝ってくださいっ」

自分が言うことではないと頭の片隅ではわかっていたが、それでもルイスのあの泣き顔を見てしまったリンに見て見ぬふりはできなかった。今にもその服に掴みかかる勢いで、ずいっと男に迫る。

だが、意図せず大声を出してしまったせいで周りの視線が自分たちに集まってくるのに気づき、リンはハッと我に返った。こんなふうに頭に血が上ってしまうのは自分の悪い癖だ。

今でこそ帯刀《たいとう》する者は少なくなったが、以前は町中でも貴族に平民が斬《き》られるということは珍しくなく、目の前の男がもしもそんな理不尽な性格をしていたらと、今さらながら焦ってしまう。

「そうだな。ルイス、目を離してすまなかった」

しかし、男はリンを責めることなく、抱いて同じ位置にあるルイスの目を真っ直ぐに見るときちんと謝った。それればかりでなく、リンに対しても、

「君も、ありがとう」

そう言いながら前で頭を下げてくる。

往来で、こんな貴公子然とした男が平民の女に頭を下げるなんて重大事だ。周囲がざわめく気配を感じ、リンは居たたまれなくなった。あまりに素直に謝られると、自分が言いすぎてしまったとしか思えなくなる。

リンの腕の中からルイスを奪い取ったのは、それだけ心配していたせいかもしれない。子供を心配しない親などいるはずはなく、正義感を振りかざして説教をしてしまった自分の方が場違いだったかもしれない。

この男の態度を見ると、なんだかそう思えてしまった。

「す、すみません、私の方こそ言いすぎました」

早くこの場から離れよう。

リンは早口になりながらも謝って踵《きびす》を返そうとした——しかし。

「きゃあっ」

三つ編みにしていた髪を後ろに引っ張られ、そのまま倒れそうになったところを男に助けられてしまう。

「！」

「ルイス」

どうやら、いつの間にかルイスがリンの髪を握っていたらしい。男が離すように言うが、ルイスは唇を引き結んだまま一向に手の力を緩めなかった。

「ルイス、離して、ね？」

リンも宥めるように言うが、それでも言うことを聞こうとしない。困り果てたリンは男を見た。

「あの……」

「多分、ルイスは君が気に入ったんだろう」

先ほどまでの殊勝な態度を一変させ、男は再び笑いながらルイスに話しかける。

「このまま別れてしまえば二度と会えない。それが嫌なんだろう？」

「ル、ルイス？」

たった今会ったばかりの相手にそんな気持ちを抱くなんて信じられないが、男の確信めいて言った言葉にルイスはコクンと頷いた。心細い時に手を差し出してくれたリンのことを、この短時間で気に入ってしまったのかもしれない。

可愛い子供に懐かれるのは嬉しい。嬉しいが、このままでは短期で働かせてもらおうと思った宿屋に行くことができない。

「ルイス、お姉ちゃん、仕事を探しに行かなくちゃいけないの。またいつか会えるから、ね、髪を……」

離してという前に、男が唐突に言った。

「仕事を探しているのかい？」

「え、ええ、まあ」

初対面の相手に詳しく話すことではないので言葉を濁《にご》したが、男は急に妙案《みょうあん》を思いついたかのように声をあげた。

「それならば、私の屋敷で働くといい」

「……え？」

「ルイス、これから毎日彼女には屋敷に来てもらう。それでいいだろう？」

リンの戸惑いなど一切関係ないかのように断言した男に、ルイスも頷いて素直に髪から手を離してくれる。この場でただ一人、リンだけが状況についていけなかった。

「あ、あの、何を言っているんですか？　今会ったばかりの私を雇うなんて変でしょう？」

「では、君は悪女か？」

「そ、そんなこと言われたことありません！」

「それならば構わないだろう。まあ、悪女だとしても、私には魅力的だがね」

何でもないことのように言った男に、リンは次の言葉が出てこない。

信用されるのはもちろん嬉しいが、紹介状もなく、ましてや会ったばかりの相手を無条件に家に入れるなんて、この男はどれだけお人好しなのだろうかと反対に心配になった。

リンだって、身元も知らない相手のところで働くとは即答できない。ここはそれとなく遠慮した方がいいのではないかと思ったが、男はリンの中の葛藤《かっとう》を読み取ったのかいきなり肩を抱き寄せてきた。肉親以外にこんなふうに触れてくる男なんて、先日の好色な雇い主以来だ。

「ちょ……っ」

その手から逃れようともがくが、意外に男の力は強かった。

「まあまあ、自分の目で確かめるといい。来なさい」

「来、来なさいって……」

「馬車は帰してしまったから少し歩くが」

「リン、て！」

「あ、あのですねっ」

（それでついて行くとでも思うの～っ？）


「……って、来ちゃったけど……」

結局、期待しているようなルイスの眼差《まなざ》しをリンは無視することができなかった。

途中、男は自らをライアンと名乗った。ルイスは一人息子で、今日は初めて二人で出掛け、はしゃいでしまったルイスがあっという間にいなくなって捜していたらしい。

ルイスはリンが買ってやった焼き菓子のことを懸命に話していて、しきりに美味しかったと伝えている。するとライアンはリンを見て、それはどんな菓子かと尋ねてきた。町では誰でも知っているそれを知らないとは、どうやら親子共々世間知らずのようだ。

市場からしばらく歩いて上流階級の屋敷街に来たが、その中でもひと際大きな建物の前で立ち止まったため、リンは思わず口を開けて見上げるしかなかった。

この屋敷の持ち主を、王都に住んでいる者なら誰でも知っている。

「こ、ここ、アングラード家のお屋敷じゃ……」

「そうだよ」

まったく頓着せず重厚な門に近づいたライアンの姿を見て、門番が即座に門を開いて頭を下げた。明らかに阿《おもね》っているその態度に、リンはますます焦ってくる。

ここは、ガルディス国でも随一と言われる貴族、アングラード家の屋敷だ。高い石塀に囲まれた大きな屋敷は王都の中でもひと際目立ち、そこに住んでいる主のことも噂になっていた。

(確か、奥さまが王に見染められて……)

宿屋でみんなが噂していたことを思い出し、リンは自分と今手を繋いでいるルイスを見て胸が痛くなった。

王に望まれたら、たとえ夫や子供がいても城にあがるしかない。しかし、こんなに幼い我が子を残してと想像すると、どう慰めの言葉を言っていいのかもわからなかった。

「お帰りなさいませ」

「ただいま」

玄関の扉の前では年配の男と、三人の召使いらしい女が頭を下げている。彼らは明らかにリンの姿が目に入っているはずなのに、疑問の言葉も疑惑の目も向けてこなかった。間違いない、ライアンはこの屋敷の主人、アングラード卿だ。

（ど、どうしようっ）

鷹揚《おうよう》な態度や、上等な身なりから、それなりの地位にある者だろうとは思っていたが、まさかアングラード卿だとは思わなかった。あまりにも身分が違いすぎて、本来ならリンのような平民は口もきけない相手だ。

「こ、ここまでついてきてしまってすみませんっ、ここで失礼しますっ」

こういった貴族の屋敷に勤めるのはそれなりの家柄の娘で、生まれも育ちも平民のリンは立ち入ることだって許されない場所だ。リンは即座にその場から立ち去ろうとしたが、手を握っていたルイスが半分しがみつくように抱きついてきた。

「やだ！」

「ルイス、さま」

馴れ馴れしい言葉は掛けられない。その上、強引に引きはがすこともできなくて、リンはどうすればいいのかと思わずライアンを見上げる。

すると、ライアンは側にいたふくよかな中年の女を振り返った。

「レジーヌ、今日からここで働くリンだ。教育を頼むよ」

「かしこまりました」

「ちょ、ちょっと待ってください、私はっ」

どんどん進んでいく話を止めようとしたリンに、ライアンは今度、年配の男に命じる。

「ウォルター、彼女と雇用契約を結んでくれ。給金は弾むように。ルイスの恩人だ」

「承知いたしました。リン、私はこのアングラード家を取り仕切らせていただいております、執事のウォルターと申します。これから今後の話をしたいと思いますが、よろしいですか？」

「え、えぇっ」

正直に言えば、新しい働き場を早急に見つけなければ生活がとても苦しくなる。この屋敷で働けるなら、給金だってきっといいはずだ。

それでも、こんなに成り行きに任せてもいいのだろうか……自分自身を卑下《ひげ》するつもりはないが、それでも単に自分の息子が世話になったからという理由だけで受け入れるライアンのことも心配だった。

（本当に噂通りの人かも）

目が合ったライアンは、魅惑的な笑みを返してくる。整った容貌だけに、その笑みはきっと女を虜《とりこ》にするものだろうが、焦っているリンにはまったく効果はない。

アングラード卿は有り余る財力を無駄食いする怠《なま》け者。

それが事実かどうかはわからないが、今見ている限りではそこに《呑気《のんき》》で《お人好し》で《女好き》という要素も追加されそうだ。

そこまで考えたリンは、何とか妥協案を思いついて改めてライアンに申し入れた。

「それなら、ひと月、試しに私を雇ってください。そのうえで、このまま継続して契約してもいいと思われたら、正式に雇用契約を結んでもらえませんか」

思いがけない言葉だったのか、ライアンが僅かに驚いた表情になる。しかし、直ぐに頷くと、改めてウォルターに向かって言った。

「と、いうことだ」

「はい」

「よ、よろしくお願いしますっ」

この先、正式に契約してもらえるかどうかはまだわからないが、それでも解雇された翌日に新しい働き場を見つけることができたのは幸運だった。これまでの失敗も踏まえ、今度こそ長続きするよう、リンは拳を握りしめて気合を入れる。

「リン、こちらに」

「はいっ」

レジーヌに呼ばれて慌てて駆け寄ろうとしたリンだが、いまだ抱きついたままのルイスに気づいてその場に屈みこんだ。屋敷に着いたら自分と遊んでくれると思っていたのか、離れようとするリンを悲しそうな目で見ている。

そういえば、最初に見つけた時も迷子で、ただ泣くことでしか自分の感情を伝えられない子供だった。今度もリンに置いていかれた後、またきっと泣いてしまうかもしれない。

「また、後でね、ルイス」

「……ほんと？」

「うん」

本来なら主の子息に対して《坊ちゃま》と呼ぶのが正解だろうが、今はまだそう呼ぶことは正しくない気がする。リンの約束を素直に受け入れてくれたらしいルイスは、パッと手を離して父親のライアンの元へと駆け寄った。

「とおさま、リン、あとでって！」

「ああ。後でゆっくり遊んでもらうといい。頼むよ、リン」

「え……ええ」

(遊んで……いいのかな)

働くのは明日からだとして、一応今日はルイスの友達でいていいのだろうか。

自分の立場が《使用人》なのか《子守り》なのか、後できちんと確認を取っておいた方がいいだろうとリンは改めて思った。


「リン、玄関先の掃除は終わった？」

「はい」

「手が空いているなら、洗濯を手伝ってくれないかしら？」

「わかりましたっ」

リンがアングラード家の下働き見習いとして勤め始めて、あっという間に十日経った。

両親に新しい勤め先を告げた時にはとても驚かれたが、リン自身、偶然の出会いから見つけた働き場がこんなにも居心地が良い場所だというのは嬉しい誤算だった。

あくまでも仮のつもりだったので、実はもっときつい仕事を割り振られるかと思っていた。もちろん、どんなにつらく、汚い仕事でも頑張ってするつもりだったが、リンは他のメイドたちと同じ条件で、同じ仕事をさせてもらえた。

こんなに大きな屋敷だが、実際の使用人はかなり少ない。

執事のウォルター、メイド頭のレジーヌ、食堂には料理長と二人の料理人、メイドはリン以外に二人、門番一人に、護衛が二人、庭師が一人。

奥方がいたころは、専属のメイドがあと二人いたらしいが、彼女が城に召された時に一緒に連れて行ったらしい。

(奥さま、かあ)

リンがアングラード家に働きに出るようになると、近所の噂好きたちが興味津々に裏事情を教えてくれた。

奥方――ライアンの妻でルイスの母親であるサンドラが城にあがったのは、ほんのひと月ほど前のことだったらしい。しかも、王に見染められて泣く泣く……と、いうわけでもなく、どちらかといえば本人も望んでいたらしいと聞き、ルイスのことを考えなかったのだろうかと人ごとながら悔しくなった。

ライアンは言わば《妻を寝とられた夫》という立場なのだが、本人は飄々《ひょうひょう》としていて、まったく気にした素振りもない。あまりにも平然としているので、リンはもしかしたらその話は作り話で、サンドラは静養にでも出ているのではと思ったくらいだ。

さすがに子供のルイスは寂しさを見せるものの、それも母親を追い求める子供の心情というよりは、置いていかれたという事実の方が重いような気がする。

どちらにしても、やはりライアンは変わった男だという印象は日々強くなる一方だった。

「リン」

「あ」

両手いっぱいに乾いたシーツを持って庭を突っ切っていたリンは、突然名前を呼ばれて立ち止まった。

「何かご用でしょうか、旦那さま」

口調を改めて尋ねると、ライアンはわざとらしく肩を竦《すく》める。

「君に旦那さまと呼ばれるのはくすぐったいな」

「……でも、旦那さまは旦那さまですから」

まだ正式ではなくても、雇われている身では主のことをそう呼ぶのは当然だ。

「真面目だな」

「普通です」

これも、何度同じ会話をしただろうか。ライアンは午前中書斎にこもり、午後はルイスの相手をして、陽が落ちてからは時折町へと繰り出す生活をしている。リンは夕方には仕事を終えて帰宅するが、仕事中顔を合わせるとライアンは決まって声を掛けてきて、しばらくは解放してくれないのだ。

それも、ことごとくだらない話が多くて、最初こそ真面目に相手をしていたが今ではある程度聞き流している。

（お、重い……）

乾いて軽いシーツだからと両手いっぱいに持っていたが、この立ち話でかなり腕が疲れてきた。

「……っしょ……あ！」

持ち直そうと腕を動かした時、上に重ねたシーツが崩れて落ちそうになる。それを咄嗟に阻止しようとして均整を崩し、リンはそのまま前に倒れかかった。だが、それは逞《たくま》しい腕によって支えられる。ライアンがシーツごと抱き止めてくれたのだ。

「す、すみませんっ」

大失敗だと慌てて身を起こそうとしたが、抱きしめてくるライアンは腕の拘束を緩めてくれない。

「あ、あの」

「ん？」

「離してください」

このままではシーツが皺だらけになってしまう。……いや、ライアンに抱きしめられているこの格好を他の使用人たちに見られてしまうと大変だ。

『あの子、色仕掛けで旦那さまの関心を買っているのよ』

前に働いていた屋敷の使用人たちに陰で言われていたことが頭を過り、リンはたちまち青ざめる。せっかく見つけたこの居心地の良い働き場を辞めたくない。

言葉で拒否するより先に身体を捩って逃げようとするが、ライアンはなぜか目を細め、いきなり頬に唇を寄せてきた。

「！」

「唇にすると、噛まれそうだからね」

いったい、何がどうなったのかまったくわからない。わかっているのは、せっかく洗濯をして綺麗にしたシーツが自分の足元に落ちてしまっていることだ。

こういうことに慣れていないリンは驚きが去ると、次に猛烈な恥ずかしさを感じて頬が熱くなった。

「あ、あな、あなた……っ」

「手伝おう」

頬へのくちづけのことは何も言わず、ライアンは落ちたシーツを抱えてさっさと歩き始める。

「え……えぇ？」

呆然と見送ったリンだったが、直ぐにライアンの後を追った。ライアンの行動は意味不明だし、笑って流せるなんてできそうにないが、それでも屋敷の主人であるライアンにシーツを運ばせるなどさせられない。

「待ってください！」

手を伸ばしたが、彼はまったく話を聞いてくれず、どこか楽しげに言われた。

「これ、もう一度洗い直す？」

「わ、私がしますから！」

「私の責任でもあるのに？」

「……っ」

言い返そうとした言葉をリンは慌てて呑み込んだ。これでまたどういうことかと聞いてしまったら、先ほどのくちづけのことを蒸し返されそうだ。

(からかわれただけなのに～っ)

ライアンはリン以外の使用人たちにも気軽に話しかけ、談笑している。きっと、入ったばかりのリンをからかって怒らせるのが楽しいだけだ。

ムキになった方が負け。

何度も深呼吸をし、動揺する気持ちを何とか鎮《しず》めたリンは、ライアンの手からシーツを取り戻すのは諦める。頭一つ分近く違う身長差では、軽くかわされるのが目に見えていた。

「リン」

無視したい。しかし、そんな大人げないことはできない。

「……はい」

「仕事には慣れた？」

「え？」

構えていたが、問われた質問があまりに普通で一瞬反応が遅れた。

ウォルターやレジーヌには事あるごとに聞かれていることだが、ライアンに直接尋ねられたのは初めてだった。

もちろん、職場として考えたらとても良い環境で、あの時ライアンが雇おうと声を掛けてくれたのは結果的に良かったと思う。それには本当に感謝しているので、リンは改めてライアンに伝えた。

「ありがとうございます」

「ん？」

「雇っていただいて、感謝しています。今後も、このお屋敷のために一生懸命働くつもりです……その、正式に雇用されたら、ですけど」

自分でお試し期間のことを言ってしまったのでまだまだ安心できないが、ひと月問題なく頑張って、その後もずっとここで働きたい。

ライアンはそんなリンの顔を見て、軽く頷いた後、再び歩き出した。その長身の後ろ姿から白いシーツが見えたので、リンは再び声を掛ける。

「やっぱりそれ、私が持ちますから」

「いいよ」

「……」

やはり、ライアンはわからない。

溜め息をつきつつ、リンはライアンの後を追った。

ライアンは本当に貴族とは思えないほど使用人たちに対して友好的だし、物わかりの良い主人だ。給金も良いし、仕事もつらいものはない。最初のころはあまりに恵まれすぎて大丈夫なのだろうかとも思ったが、次第に、信頼され、任されているからこそ頑張ろうと思うようになってきた。

「この後私は出掛けるから、ルイスのことを頼むよ」

「どちらにお出掛けですか？」

「野暮なことを聞く」

くすっと笑いながら言われ、リンは少ししてある想像が頭を過《よぎ》り顔が熱くなった。

（こ、こんな昼間からっ？）

通いのリンは陽が暮れる頃に屋敷を辞するが、何度かライアンが同じ時刻に出掛けるのを見た。それが、夜の店——女が酌《しゃく》をしたり、もっと他の、際どい接待をする店に行くためだと他の使用人から聞いて、自分でもよくわからない嫌な思いがしたと同時に、屋敷に残るルイスのことを考えると切なくなってしまった。

離婚して、寂しいというのはわからなくもない。だが、まだルイスが幼い時期は、彼のことを第一に考え、自身の欲望は後回しにしてほしい。

「リン？」

俯いたリンに、ライアンが声を掛けてくる。リンは思い切ってライアンに訴えた。

「あのっ、ルイスが起きている時はできるだけ側にいてあげてくださいませんか。お仕事でしたらしかたがありませんが、その……」

どう言っていいのか口ごもると、ライアンは楽しげな口調のまま後を引き継いだ。

「女に会いに行くのは控えろと？」

その通りだと、頷いてもいいものだろうか。

「私の息抜きなんだが」

だが、その言葉を聞くと、このまま誤魔化せないことを悟った。切り出したのは自分の方だし、ルイスのことを考えるとどうしてもここで引き下がれない。

「……思う方がいらっしゃるのかもしれませんが、もしもそうでないのなら……」

意気込んだはいいものの、言っているうちにリンの声はだんだんと小さくなっていった。

その考えが間違いだとは思いたくないが、自分が訴えるのもやはりおかしいかもしれないと思い直したからだ。

しかし、

「……確かに、そうかもしれないな」

思いがけずライアンは直ぐに納得をしてくれた。それは、言ったリンが戸惑うほどに呆《あっ》気《け》なかった。

「時間潰しだと思っていたが、考えたら今はもっと気を引かれる対象が目の前にいることだし」

「……え？」

リンが何がと問う前に、ライアンはにっこりと笑う。

「じゃあ、君がルイスだけでなく、私の相手もするように」

「えぇっ？」

慌てるリンに声をあげて笑ったライアンだったが、本当にその日から怪しげな外出をピッタリと止めてくれたらしい。

それを話してくれたのは、同じ使用人仲間だった。

「旦那さま、変わられたわよねぇ」

昼食時、厨房の片隅で食事をとっていたリンは、二つ年上の使用人仲間、エマの呟きに思わず顔を上げた。

「変わられたって？」

「前はね、女の人をとっかえひっかえだったのよ。お屋敷にはルイスさまがいらっしゃるから連れ込んだりはなさらなかったけれど、商売女たちの間では金払いの良い客だと評判だったらしいわ」

出入りの商人に聞いたの、とエマは声を落として話した。

「でも、最近は夜お屋敷を空けることがなくなられたし、レジーヌさまは良い傾向だって喜んでいるわ。でも、急にどうしてだと思う？　ちょうどあなたが来て間もなくのころからだけど」

「さ、さあ」

まさかライアンが自分の言った言葉を気にして夜遊びを止めたのだと思うほどには自惚《うぬぼ》れていないので、リンは何と答えていいのかわからない。エマもそれを期待していたわけではないようで、料理長特製の菓子を頬張りながら笑った。

「もしかしたら、遊び飽きたのかもしれないわね。今まで散々浮名を流してこられたし……ふふ」

最後まで聞かなくても、リンにはエマが言おうとしていることがわかった。外見もその背景も、ライアンは女性にとって好条件の男であることは間違いないのだ。

もちろん、身分が違いすぎるせいで、リンは意識的に線引きをして見ている。ただ、リンの方がそう思っていても、ライアンの方は面白がっているのかしょっちゅうからかってきた。

今ではかなり慣れてきたものの、元々男女の駆け引きに免疫のないリンはその度に動揺してしまう。

それだけが唯一、リンの溜め息の元になっていた。

それでも、充実した日々は一日一日がとても早く過ぎていく。

仕事も覚えるのが楽しいし、人間関係もとても良い。アングラード家に通う度、リンの足取りは軽くなっていった。

「これ、なに？」

「これは、ほら、こうして遊ぶの」

その日も、リンはルイスの相手をしていた。

家から持ってきた数個の木片を縦に積み、一番上の中央が少しくぼんだ木の上には丸い小石を載せる。その積み上げた木片を上から一つずつ、丸い小石を落とさないように木槌で叩き落としていく遊びだ。

「すごい！」

リンがやってみせると、ルイスは目を輝かせて喜んでいる。やらせてみれば失敗ばかりだが、それでもにこにこ笑って楽しそうだ。玩具《おもちゃ》といっても、これは上の弟が妹たちのために手作りしたもので、すべて拾ったりもらったり、自分で考えたりしたものだった。

貴族の子息であるルイスには高価な絵本や玩具がたくさん与えられていたが、リンはルイスがそれらで遊んでいるのを見たことがない。だからと言って、平民の手作り玩具を見せても喜ぶかどうかわからなかったが、一時期妹たちが一日中夢中になって遊んでいた様子を思い出し、レジーヌに相談してから持ってきてみたのだ。

「……えいっ」

力加減ができないのか、また小石が落ちてしまった。

「リンはじょーずなのに……」

「ルイスも練習すれば上手くなるわよ」

「ほんとっ？」

屋敷に来た当初、ルイスのことを《お坊ちゃま》と呼ぶと、不機嫌になって泣かれてしまった。ルイスの認識ではリンはあくまで町で出会った友達、らしい。

レジーヌもウォルターも、ルイスに対しては友達のように接した方がいいと言い、主のライアンにまでそうするようにと告げられたので、リンも弟妹たちを相手にするようにルイスに向き合うようにしていた。

昼の休み時間、こうしてルイスと遊んでいるのはリンにとっても良い気分転換になる。

二人で顔を寄せ合い、夢中になっていると、大きな影が目の前を覆った。

（え？）

慌てて顔を上げると、そこにいたのはライアンだ。

「旦那さま」

気が緩み、ドレスの裾も乱れていたことに気づいてさっと直すと、わざと笑いを堪えたような気配でライアンがこちらを見る。リンは大人げなかったことを自覚して恥ずかしくなった。

「わ、私、仕事に……」

「リン」

咄嗟に立ち上がろうとしたリンの隣にライアンが先に座ってしまったので、立つ切っ掛けがなくてそのまま居住まいを正す。ライアンは遊びを続けているルイスの髪を撫でながら言った。

「今日でひと月だ」

「え……あ」

(そうだった)

リンが自ら申し出たお試し期間は今日までだった。言われるまで忘れていたリンは、こちらを見ているライアンを見上げる。

「このままここで、働いてくれるかな?」

「……あの、私は合格なんですか?」

「もちろん」

「あ、ありがとうございます」

認められたのがとても嬉しい。リンはじわじわとこみ上げてくる歓喜に泣きそうになるのを堪え、真っ直ぐにライアンの目を見返した。

「私の方こそ、よろしくお願いします」

「リン?」

深々と頭を下げたまま顔を上げられないリンを、ルイスが心配そうに声を掛けながら覗きこんでくる。可愛いその仕草に思わず頬を緩め、リンは涙が滲んだ目元を擦って頭を上げた。

「これからもよろしくね、ルイス」

「ルイス、リンはこれからもずっとここに来てくれるぞ」

ライアンが付け加えて言ったことで、ルイスはリンがずっと一緒にいてくれるとわかったらしい。ぱっと手を広げたかと思うと、リンの首に飛びついてきた。

「きゃっ」

まだ小さなルイスなので何とか倒れず、リンもルイスの身体を抱きしめる。子供特有の熱い身体が愛おしい。このひと月でリンもルイスのことを本当の弟のように思っていたので、離れずに済むことが嬉しかった。

しかし。

「えっ？」

突然ルイスごと抱きしめてきたライアンに何事かと慌ててしまうが、驚くリンを見てもライアンは澄ました顔をしている。

「な、何ですか？」

「私も友好を深めようと思って。ルイスだけずるいじゃないか」

「ず、ずるいって」

それとこれとはまったく話が違う。第一、大人と子供では、抱きつくという行為の意味だって大違いだ。

「だ、旦那さま、離してくださいっ」

リンの頭の中に、以前頬にされたくちづけのことが過った。あの時も突然だったが、今のライアンの行動も本当に意味がわからない。

「ルイス、離してもいい？」

「やだ！」

「だ、そうだ」

「私は関係ないじゃないですか……」

ルイスはリンから離れたくないだけで、ライアンがリンを離すことを嫌だと言っているわけではないはずだ。

庭の芝生の上で三人が固まっている状況のおかしさに頭が痛くなりながらも、リンは結局抵抗するのを諦めて、ライアンが満足して離してくれるまでじっとしていた。

第二章

賑やかな声が明け放った窓の向こうから聞こえてくる。

ライアンは動かしていたペンを止め、椅子から立ち上がると窓へと近づいて外を見た。

そこではリンがルイスと庭師と三人で、芝生の手入れをしている。メイドであるリンの仕事ではなく、ルイスも土で手が汚れるというのに、三人とも笑い声をあげ、楽しそうに手を動かしていた。

「本当に、変わった娘だ」

初対面でリンを雇うと告げたが、息子のルイスの安全のために、その日のうちに身元は調べた。報告は、すべてリンの人柄を肯定するものばかりだった。

家族が多く、働き者。

明るくて、正義感が強い。

それは、初めて会った時にライアン自身が感じた通りの人柄で、己の目の確かさに改めて笑ってしまったくらいだ。

厳格で口うるさい執事のウォルターも、大らかで母のようなメイド頭のレジーヌも、実際に働くリンの姿勢を褒め、信用に足る人物だと太鼓判を落したほどだ。

太陽の下、リンの赤毛が輝いている。十七歳という年齢からすれば色気は少々足りないが、匂いのきつい香水よりも自然の花や太陽の匂いをまとっているのがリンらしい。

飴色の瞳はいつも輝いていて、こちらの心の中まで見透かすほどの強い力があり、見られることを避けるためにからかってしまうライアンは、その度にリンに睨まれている状況だ。

華奢で、まだ少女といってもいいリンなのに、あの眩いばかりの生命力には圧倒される。今のライアンにとっては、本当に真っ直ぐに見られないほどの存在なのだ。

「失礼いたします」

その時扉が叩かれ、声が掛けられた。

「入れ」

許可を与えて中に入ってきたのはウォルターだ。

「ライアンさま、親書が届いております」

「親書？」

差し出された手紙には、王家の紋章が記されている。現ガルディス国王、レナルドからのものだった。

(今度はなんだ)

レナルドはライアンにだけは無理な命令を下すことが多い。

最初は、高額な寄付の要求だった。

次は、敵対する国へ親書を届ける役を命じられた。

つい最近が、妻のサンドラを妾妃として城にあげるようにと告げられた。

「……ライアンさま」

「……そう来たか」

多分、殺気に満ちた表情をしていたのだろう、気遣わしげに名前を呼ぶウォルターに視線を向けることもできず、ライアンは手にした親書を握り潰した。

「近いうちに、ルイスを城に連れて来いと言ってきた」

「ルイスさまを……」

その意味がウォルターにもわかったのだろう、苦い顔をして口を閉ざす。

「子供にとって、母親が側にいた方が良いだろうということだ。……私に愛する対象がいるのが気に食わないのだろうな、レナルドさまは」

「そのようなことは……」

「ルイスを城に引き取ってどうするつもりだと思う？　レナルドさまには既に王子がいらっしゃる」

「……どうなさいますか」

王直々の親書だ、本来なら必ず返事を出さなければならない。だが。

「期日が記されていない。向こうから連絡があるまで黙殺だ」

「……よろしいのでしょうか」

「後は向こうの反応を待つしかないだろうな」

これが、単なる紙の上の脅しか、それとも本気で従わせようとしているのか。

どちらにせよ、今ライアンはルイスを手放すつもりはなく、そうなるとできる行動は限られている。

「他の者には内密に。特にルイスには悟らせるな」

「はい」

「屋敷の警護も強化しなければならないな」

向こうが強硬手段に打って出てこないことを祈るばかりだ。

親書のことがあって仕事などする気分ではなくなり、ライアンは書斎を出て中庭へと向かう。先ほど窓から見たルイスとリンの元へ向かおうと思ったからだ。

「ライアンさま」

途中、レジーヌに会った。ウォルターと二人、祖父の代から屋敷に仕えている彼女は本当の母のようで、実際に母親が亡くなった十歳のころからは母親代わりとして叱ってくれたし、可愛がってもくれた。

そんな彼女に、ライアンは今も弱い。

「お仕事はお済みですか？」

「まあ、ね」

言葉を濁したわけを悟ったのか、レジーヌは大げさなほど大きな溜め息をついた。

「まったく、ライアンさまはいつまでも子供の気分でいらっしゃるから」

実際、気分が乗らず仕事を途中放棄してきたので、ライアンは苦笑してしまった。

「どちらにおいでです？」

「ルイスとリンのところに。楽しそうに庭いじりをしていたのが見えた」

「ルイスさまの……」

その名を呼ぶ時、レジーヌは優しい眼差しになる。彼女はルイスに、主人の跡取りとして誠実に、厳しく、優しく接してくれていた。

レジーヌはサンドラの、母親としての愛情が薄いことを昔から懸念していたが、今はどこか彼女がいなくなって安堵しているようにさえ見える。母親は必要ではないとは言わないが、サンドラは側にいない方がいいと思っているのかもしれなかった。

「もうそろそろ日差しも強くなってきます。屋敷の中にお入れなさった方がよろしいですわ」

「そうだな」

「リンが根気強く、楽しい遊びをルイスさまに教えてくれているので、最近はよく外で遊ばれていますものね。とても良いことだと思います」

「……リンには感謝しているよ」

弟妹の多いリンはルイスの扱いも上手く、仕事の合間を縫っていつも本気で相手をしてくれている。昼休みや午後の休憩までもルイスのために潰しているので申し訳なく思っているが、喜ぶルイスを見ていると止めることはできなかった。

元々年よりも大人びていて、サンドラが屋敷を出て行ってからはさらに感情を抑えることを覚えていたルイスが、今は年相応の笑顔でいる時が多い。それがリンのおかげだと、ライアンはじめ屋敷の者はみんな理解していた。

「リンは良い娘です。私に息子がいたら、間違いなく嫁にもらいたいと思いますわ」

「レジーヌはリンを買っているんだな」

「ライアンさまも、そう思っていらっしゃるのでしょう?」

リンは苦労しているせいかとても逞しく、礼節はありながらもライアンに対してはっきりとものを言う。特にルイスのことに関しては思い入れがあるのか、レジーヌよりも口うるさいくらいだ。だが、彼女の言葉には確かな愛情があり、ライアンはルイスを羨ましくも思った。

媚を売られたり、陰口を言われたり。様々な思惑が交差する上流階級の中に生きるライアンは、そんな裏表のないリンに惹かれている。主人が使用人に手を出すという不真面目な関係ではなく、これでも珍しく本気で口説こうとしているのだが、どうしても軽く見られているのかリンは本気にしてくれない。

子持ちで妻に逃げられた男というのは分が悪すぎる。今はリンの中の自分の好感度を上げる努力をするのが第一だろう。

「ふふ」

「……なんだ」

じっとライアンの顔を見ていたレジーヌに笑われてしまい、さすがに気恥ずかしくなって問い返す。

すると、昔から変わらぬ優しい眼差しでライアンを見つめながらレジーヌは言った。

「ライアンさまも、人を見る目はおありですもの」

「……本気でそう思っているのか？」

「ええ」

力強い言葉に背を押された気がして、ライアンは求める姿を追うために足早に廊下を歩いた。


「リン、新しい馬具が届いたらしいの。知らせに行ってくれる？」

同じ使用人のエマに、そう声を掛けられたリンは顔を上げた。

「はい！　……ルイス、少しここで待っていてくれる？」

厩《うまや》までは少し離れているが、それでも走っていけばそんなに時間はかからない。ルイスも素直に頷き、土で汚れた手を振ってくれた。

（ふふ、可愛い）

外で良く遊ぶようになったルイスの顔色はかなり良くなっていて、少しだけ日焼けもしている。今も、子供らしく笑顔全開で外を遊びまわっていた。本当なら、同じ年頃の子どもと遊ぶのが良いのだろうが、それを自分がライアンに言ってもいいものだろうか。

先ずはレジーヌに相談した方が……そう考えていたリンの耳に、掠れた悲鳴のような声が届いた。

（え？）

それが何なのか、はっきりわからないまま振り向いたリンの目に、小さなルイスの身体を乱暴に横抱きにした男が走り去ろうとするのが見えた。男が誰なのか、今の状況がどうなっているのか、考える前にリンは走り出す。

「誰か！　誰か来て！」

心臓がバクバクと煩い。理由もない恐怖に、全身が冷たくなった。

それでも、ここで男に逃げられるわけにはいかない。

「どうしたっ？」

中庭を突っ切っていると、ライアンが駆け寄ってきた。彼も何が起こっているのかわからない様子だが、リンを見て緊急事態だということは悟ってくれたらしい。

「旦那さまっ、ルイスが！」

「ルイス？」

「へ、変な人が裏庭から入ってきてっ、ルイスを、ルイスを！」

最後まで聞かなくても十分だったのか、ライアンはリンを追い越して走りだした。驚くほどの俊敏さで、ライアンはあっという間に屋敷の裏手で男に追いついた。

「ルイス！」

リンが呼んでも、反応はない。大柄の男は片腕にしっかりとルイスを抱え、もう片方の手に刃物を握っているのが見えた。

ルイスが傷つけられてしまう。そう考えただけで血の気が引いたリンとは違い、男と対峙したライアンはリンを背に庇いながら、ことさら呑気な口調で話しかけた。

「逃げても捕まるだけだぞ」

男はライアンと、その後ろにいる護衛たちを見て顔色を変えた。さすがに無傷で逃げられないと悟ったらしい。だが、そんなふうに脅せばますますルイスを危険に晒すのではないかと、リンは心配でたまらなかった。

「今なら役人に告げずに見逃してやろう。ああ、必要なら言い値の金もやろうか？」

「お、俺を、騙す気かっ？」

「いいや、さすがに我が子が傷つく姿は見たくないんでね。ウォルター」

「はい」

いつの間にか駆けつけてきていたウォルターの手には、一抱えもありそうな皮袋が握られていた。それを受け取り、ライアンは突き出しながら続ける。

「どうだ？　お前もこのまま逃げられるとは思わないだろう？」

誘うようなライアンの言葉に、男が逡巡しているのがわかった。金見当てでルイスを攫おうとした男が、金を目の前に出されて動かないはずがない。

案の定、男は用心深い足取りながらもゆっくりとこちらに近づいてくる。それにつれて見えたルイスの顔は、恐怖と緊張のせいか涙でぐちゃぐちゃになっていた。

「か、金をこっちに投げろっ」

「子供をこちらに」

「金が先だ！」

ライアンは大げさに肩を竦めてみせた後、男からは少し遠い位置に皮袋を投げる。それに、男の意識が向けられた時だった。

咄嗟に動いたライアンが男の腕からルイスを奪い取った。

「リン！」

名前を呼ばれ、咄嗟に差し出したリンの腕にルイスを託すと、ライアンは混乱した男に向かい合う。人質がおらず、金も取れないと悟った男は無茶苦茶な反撃をし、刃物を感情的に振り回した。

「！」

その一太刀がライアンの腕を切り、服が裂けたのが見える。リンが息をのんでいる間、ライアンは少しも慌てることなく男の振り上げた手から刃物を蹴り落とし、同時に駆け寄ってきた護衛たちに男を手渡した。

振り向いたライアンは、直ぐにリンが抱いたルイスの顔を覗き込みながら言った。

「ルイス、怪我はないか?」

ルイスは声が出ないようだったが、それでもライアンに向かって何度もこくこくと首を縦に振ってみせる。ざっと見てその姿に傷がないことを確認したライアンは、小さな頭をゆっくり撫でてからリンに笑いかけてきた。

「心配かけたね」

「ど……して……」

「ん?」

「どうして、旦那さまが……」

「ああ、金目当てだとわかりきっていたからね。それを差し出せば、向こうが勝手に自滅してくれると思ったし」

「で、でも、怪我とかしたらっ」

「ルイスが怪我をしたら大変だが、私ならどうということもないし。それにほら、切られたのは服だけだ」

男を追いかけていた時の必死な表情は、ルイスのことを心から心配していたからだとわかる。それでも、あまりに軽い口調はまるで己の命を軽んじているようで、リンはどうしようもなく悲しくなった。ルイスと同じように、ライアンのことだって心配なのに。

「褒めてくれる？　リン」

にっこり笑って言うライアンが今の出来事を流そうとしているのがわかり、リンは思わず怒鳴ってしまった。

「馬鹿ですか！」

同時に、ルイスを抱いたままライアンの胸にぶつかる。

「ルイスのことも大事だけどっ、旦那さまのことだって皆大切に思っているんですよっ？　あなたが怪我をしたら皆心配するしっ、悲しみます！」

「……リン……」

「ご自分の命を軽んじるようなことはしないでくださいっ」

はっきり言わなければ、多分ライアンはわからないのだ、自分が心配される側だということに。思った通り、リンの言葉に驚いたような表情をしている。

何もかもに恵まれ、陽のあたる人生を歩んできているはずなのに、この人は愛されていなかったのだろうか。

涙目で訴えるリンを呆然と見下ろしていたライアンは、やがて慎重な手つきでリンの肩を抱いた。これまでの過剰な接触をしてきた彼とは別人のような、愛情を確かめる子供のような顔だった。

「……すまなかった」

今度は自分の身体を危険に晒したことをちゃんと謝ってくれていると感じ、リンは首を

横に振った。リンに謝罪してもらうことなど一つもないのだ。ライアン自身が大事な身なのだと、わかってくれるだけで良い。

「いえ……私こそ怒鳴ってごめんなさい。二人とも無事でほんとうによかったです」

リンは、抱いているルイスに声を掛けた。

「ルイス、お父さまが命がけで守ってくださったのよ。ルイスのことが大切だからそうしてくださったの。お礼は？」

リンに促されたルイスが、おずおずと手を伸ばす。ライアンがリンからルイスを抱きとると、その小さな手がぎゅっと首に巻きつくのが見えた。

「とおさま……ありがとぉ……」

「……無事で良かった」

ライアンもルイスを抱きしめている。温かく、小さな身体の愛おしさを、きっと彼も感じているのだろう。

(良かった……)

ライアンの優しい眼差しが、そのままリンに向けられる。赤面したくなるほどの優しく綺麗な笑みに、リンは戸惑って目を伏せる。

ルイスもライアンも無事だとようやく安心して、リンは深い安堵の息をついた。

誘拐されかけたルイスの心情を考えると心配だったが、直ぐに助けに来てくれた父親の姿を見たせいか、リンが心配するほど後には残らない様子だった。

それに安堵している間に、ライアンは着実に屋敷の警備を強化していった。これまでは二人だった護衛を五人に増やし、門番ももう一人新しく入った。屋敷をぐるりと囲う塀もさらに高くして、出入りの商人たちの調査も改めてしたようだ。

貴族の中でもその地位と財力で高名なアングラード家には、今までも何度か強盗が押し入ろうとしてきたことがあり、外出時にルイスが誘拐されそうになったのも、一度や二度ではなかったそうだ。

今までは少数の人間で対応できたが、今回のルイスの件でライアンは自戒の念を抱いたらしい。リンの予想をはるかに上回る素早い行動に感心すると同時に、それほどに彼がルイスのことを思う気持ちを嬉しく感じてしまった。

「あ、そろそろルイスを起こさなくちゃ」

ルイスの昼寝の時間が終わるころだと部屋に向かったリンは、いつものようにノックをしないままそっと扉を開けて中に入る。ベッドが置いてある奥へと足を進めた時、そこに人影を見つけて思わず息をのんだ。

(だ、旦那さま？)

ベッドに腰掛け、眠るルイスを見下ろしていたのはライアンだった。今の時間は仕事をしているはずなのでここにいることに驚いてしまったが、なぜか……リンは声を掛けることができなかった。

(どうして、そんな目を……)

ルイスを見つめるライアンの眼差しは、普段とはまるで違う厳しい光を湛えていた。いつもは甘すぎるくらい甘くルイスを見ているのに、なんだか今は苦しみを抑え込んでいるかのようだ。

不意に、その手がルイスの髪に伸ばされる。起こさないようにか、怖いくらい慎重な手つきで髪を撫でたライアンは、目を閉じてその名を呟いた。

「……ルイス……」

――見てはいけないものを見てしまった。

そんな気がしたリンは何とか音を立てずに引き返し、廊下に出て扉を閉めると深い息をつく。

(……何があったのかしら)

普段とはまるで違うライアンの姿に、今でも心臓の鼓動は早鐘のように打っている。だから、

「リン」

「！」

突然名前を呼ばれ、リンはそれこそ飛び上がらんばかりに驚いてしまった。

　ハッと振り向くと、そこにいたのはウォルターだった。今の自分の行動を後ろめたく思っていたリンは動揺して声も出ない。

「……お茶を飲みませんか？」

「……え？」

「起こすのはもう少し後でも良いでしょうから」

　部屋の中を見てもいないのに、ウォルターはまるでわかっているかのようにそう言った。リンは躊躇ったものの、やはり今部屋の中に入ってはいけない気がして、ウォルターの言葉に甘えて後をついていった。

　食堂に着き、ウォルターが声を掛けると茶と菓子が直ぐに運ばれてくる。リンがウォルターを見ると頷かれたので、いただきますと温かな茶を口にした。

（美味しい……）

　この屋敷に勤めるようになってから、リンの口は明らかに肥えてきた。それを良いことだと単純には言えないが、それでも美味しいものを食べると自然に顔は綻ぶ。

　しばらく静かに時間は流れたが、リンが顔を上げたのを見計らったのかウォルターが声を掛けてきた。

「ライアンさまをどう思っていますか？」

「え？　ど、どうって」

　突然の問いにリンが口ごもると、ウォルターは目元を緩めたまま言葉を続けた。

「少しやんちゃが過ぎる方ですが、私はアングラード家の当主としても、ルイスさまの父君としても、できうる限り努力なさっている方だと思います」

それは、リンも理解できる。難しい仕事のことはわからないが、頻繁にくる書状や書斎にこもる時間を見ればその手腕を買われているのだろうと思うし、ルイスに対しても少々的外れな感じはするが可愛がっている。

リンが肯定するように頷くと、ウォルターの眼差しがふと、厳しいものに変化した。

「……実は、ルイスさまを城へという話がきています」

「ルイスを？　どうして……」

「子供は母親の側が良いということでしょう。確かに世間一般では通る話ですが、ルイスさまの場合は……私はこのままライアンさまの側にいらした方が幸せだと思います」

リンの頭に、王に見染められて我が子を捨てたというルイスの母親の影が過る。実際に会ったことはない。それでも、リンにもそれが母親の態度とは思えなかった。

置いていかれたルイスが、今さら母親の元に行きたいと望むだろうか。そして、妻だけでなく我が子までも奪われてしまうかもしれないライアンの心中を思うと、リンまでも心が締め付けられてしまう。

執事の立場上、主人の個人的な話をするのはあまり良いことではないだろう。それでも、ウォルターはリンに語りかけてきた。

「どうか、ライアンさまを手助けしてください」

「そ、そんな、私はただの使用人で、そんな大それたことなどできません」

他の使用人同様の手伝いしかできないとリンは訴えるが、ウォルターは静かに首を横に振った。

「幼いころに母君やお爺様を亡くされ、父君とも共にいられなかったあの方はずっとお一人でした。ご結婚されてルイスさまが誕生されても、結局家族というものに恵まれなかった。だからこそ、ライアンさまには側にいてくれる者が必要なのです。ライアンさまもルイスさまも、あなたをとても大切に思っていますよ。あなたは感じませんか？　リン」

いいえと言いかけたが、リンはそのまま口を閉ざしてしまう。自分が感じている過分な待遇がライアンの自分に対する好意ではないと、はっきり否定することはできないからだ。

それでも、自分ができることなど限られているし、実際に何をしていいのか見当もつかない。

「私……」

「あなたはあなたのままで、どうかお二人の側にいてさしあげてください」

どこか懇願の色を含んだウォルターの言葉に、リンは瞳を彷徨《さまよ》わせた。


いつもとは違うライアンの姿を見てから数日。

あれからリンの前ではいつもと変わらないライアンを見ていると、あの光景が夢だったのではないかとも思ってしまった。

「楽しそうだな、姉さん」

「え？」

不意に弟のマルコから声を掛けられ、リンは思わず鍋をかき回していた手を止めた。

今日仕事は休みで、朝から家の中の片付けやら何やらでずっと動いていたが、ふとルイスのことを考えるとなんだか居たたまれない気持ちになっていた。

アングラード家で働くようになって三カ月。ひと月に不定期で五日の休みをもらえるが、それを告げる度にルイスが寂しそうにしているのを見てきた。自分の存在をルイスが求めてくれていることが嬉しいものの、寂しがらせるのはつらい。

それに、ウォルターの話を思い出すとなんだかじっとしていられなかった。

明日一日ぶりに会うルイスのために、何か菓子でも作って持って行こう。

ついでに、ライアンにも食べてもらおうか。

そんなことを考えながら、果物を煮詰めている鍋をかき回していたので、直ぐ側まで弟が来ていたことにまったく気がつかなかったのだ。

直ぐ下の弟は船に乗って数カ月は帰らない。そのため、病気の父親に代わって家の男手になっているのは五歳下のマルコだった。

「楽しそう？」

「さっきから、楽しそうに歌を歌ってたし」

「えぇっ？」

まさか鼻歌まで歌っていたとは気づかなくて、リンは顔を赤くしてしまった。

（う、浮かれすぎてたのかもっ）

それまで、リンにとって仕事場は《大変だが行かなければならない場所》だったのに、アングラード家に行くことは《楽しい》ものに変化していた。使用人としてはあまり良いことではないかもしれないと思うが、実際にそう感じてしまうのだからしかたがない。

ただそれを、弟に言い当てられたのには焦ってしまった。

「今行っているお屋敷の人は良い人なんだな」

「え、ええ」

「良かった」

「え？」

「前のとこ、いつも行く時に溜め息ついていたし。同じ働くのなら、楽しいところの方がいいもんな」

学校の合間に働いている自分だって大変だろうに、リンのことを気遣ってくれている優しいマルコの頭を思わず撫でた。嫌がっているが、笑っている。頭が良い弟なのでこのまま上の学校にも行かせたいし、それにはもっとお金を稼がなければならない。

今もらっている給金はもったいないほどたくさんで何の不満もないが、自宅でもできる内職を探してみようかと考える。

（ジュリさんに聞いてみようかな）

顔の広い彼女ならば何か知っているかもしれない。

そう考えたリンは夕方、彼女の仕事場へと足を向けた。

「こんにちは、ジュリさん」

「なんだ、リンか」

相変わらず忙しそうに書類を見ていたジュリだが、リンが訪ねると直ぐに顔を上げてくれた。

「どうした？　アングラード家をクビにでもなったのかい？」

「いいえ。よくしてもらっています」

ライアンに勧誘されて直ぐ、リンはジュリに連絡を入れた。今回は直接雇い主と交渉するので、派遣の元締めであるジュリには話を通しておかなければならなかったからだ。

アングラード家の当主であるライアン直々の勧誘にジュリは驚いていたが、それでも快く応援してくれた。

「今日はどうした？」

「あの、家でできる内職はないかなと思って」

「なんだ、給金をケチられてるってことかい？」

「い、いいえ、たくさんいただいていますっ」

さすがにそれはライアンの名誉のこともあるので、きちんと誤解を解いておかなければならない。

「もったいないほど良くしてもらっていて不満なんてありません。ただ、弟の進学を考えると、少しでも貯めておきたくって」

「なるほど。兄弟が多いのも大変だ」

それはけして侮蔑《ぶべつ》の響きではなく、思いやりに溢れていたので、リンも笑って頷くことができた。

「急ぎませんが、何かあったら紹介してください」

「わかった」

頷いてくれたジュリにリンは安心した。彼女に任せていれば、遠からず何らかの仕事を紹介してもらえる。

「そういえば、リン」

「はい」

「お前、アングラードの当主に手を付けられてはいないだろうね？」

「……え？」

「……その様子だと心配はなかったか」

「ジュ、ジュリさん？」

一人で納得してしまったジュリの言葉の意味がわからないままのリンは、慌てて身を乗り出しながら尋ねた。

「いったい何のことですか？」

「知らなかったのか？　今は噂を聞かないが、少し前はアングラードの当主は来る者拒まず去る者追わずの、なかなかの遊び人だったらしい。まあ、金払いは良いし、男前だし、切れる時も綺麗だったらしいがね」

「……」

（た、確かに……）

今でこそ夜間の外出はなくなったようだが、リンが働き出した当初は何度もどこぞに出掛けていたのは知っている。

リンが知るアングラード家の当主ライアンは、子煩悩で、呑気な、とても貴族とは思えない男だ。だが、今のジュリの言葉から連想するに、少し前まではとても自堕落な生活を送っていたということになる。

しかし、今の彼は誰が見たって良い父親だ。それだけではない、思いやりがあって、優しくて――。

「……っ」

（私ったらっ）

なんだか、単なる使用人ではない感情がこみ上げてきそうで、リンは大きく首を振る。

すると、ジュリが怪訝そうに顔を覗きこんできた。

「リン？」

「い、今の旦那さまは真面目だし、立派な方です」

ジュリの中の悪いライアン像を変えてもらいたくて思わずそう言うと、しばらくじっとリンの顔を見ていたジュリがにんまりと笑む。

「そ、それだけですからっ」

「ま、男は女次第で変わるからね」

小さく呟かれた言葉は、焦るリンの耳には届かなかった。


翌日、リンは持参した果物のジャムを、料理長に頼んで生地に練り込んでパンにしてもらった。焼きたてのパンはふっくらとして甘い匂いを漂わせ、それだけでも人の気持ちを幸せにしてくれるのだから不思議なものだ。

「リン、たべていい？」

ルイスも先ほどからキラキラとした目で見ている。

「どうぞ」

「いただきます」

小さな手を合わせてから、ルイスは大きなパンを口いっぱい頬張る。咀嚼《そしゃく》して直ぐ、満面に広がった笑みを見れば、言葉にしなくても気持ちがよく伝わってリンも嬉しくなった。この笑顔は、妹たちと共通だ。

「すごいっ、おいし！」

菓子パンは珍しいものではないが、ルイスは食べたことがないようだ。甘味料を使っていない素朴なそれは庶民の食べ物だと言えばそうだが、果物の甘さだけなので身体にも良いし、こんなにも喜んでもらうと作った甲斐《かい》がある。

「ねっ、とおさま」

しかし、ルイスが笑顔を向けて同意を求める人物が改めて視界に入ると、リンはどうしても昨日のモヤモヤを思い出して複雑な気持ちになってしまった。本来なら、庭の東屋《あずまや》でパンなどを食べているはずのない男は、ルイスに笑んでみせるとリンを見て目を細めた。

「リンは料理上手だ」

さらりと褒めながら、優雅な手つきでパンを口に運ぶライアン。彼の行動は一々気障《きざ》なのだが、それが嫌味でなく似合っているから余計に始末が悪い。

実際パンを作ったのは料理長なのだが、何だかとても言えない雰囲気だ。

「……ありがとうございます」

それでも褒めてもらえるのは嬉しくて、リンは早口にそう言った。

最近、ルイスといるとかなりの確率でライアンも同席することが多い。別に不快ではないし、何よりこの屋敷の主人であるライアンの行動に意見するつもりもないが、最近、向けられる眼差しや言葉に動揺することが多くなっているのだ。

「リン、ついている」

「え？」

今も、いきなり伸びてきた指先で唇に触れられ、一時、間をおいてから顔が熱くなる。

「な、何ですかっ？」

「パンがついていたから」

当然のように言ったライアンは、リンに触れた指先で自身の唇を軽く拭う。直接触れたわけではないのに、なんだか猛烈に恥ずかしいことをされた気分だ。

「ル、ルイス、本当についてた？」

「？　なに？」

パンに夢中なルイスはまったくこちらに意識はなかったようで、ついていた云々はライアンの言葉しか証拠はない。ただ、いくらそうであったとしても、男が女の唇に触れることなどあるのだろうか。

（……この人は、慣れていそうだけど……）

リンにとっては重大な問題でも、ライアンにはごく普通の行動なのかもしれない。いや、それだけ慣れているのかと思えば、違う意味でなんだかモヤッともしてしまう。

「……旦那さま、お仕事は？」

「これを食べてからするよ」

するると、もう少しここに一緒にいるということだ。


「リン」

「は、はい」

「最近、ルイスはよく笑うようになった。きっと、君のおかげだな」

「え……あ、いえ……」

「初対面でも懐いていたし、もしかしたら君と母親を重ねて見ているのかもしれない」

淡々とした口調だけにライアンの心の葛藤が見えるような気がして、リンは何も言えなくなってしまった。

アングラード卿という高位にいながらも、唯一逆らえない存在の、国王。自身ではどうすることもできず、ただ去っていく妻を見送るしかなかったライアンはどんなにつらかっただろう。

(もしかしたら……その反動?)

リンに対する過剰な触れ合いは、ルイスと共通する寂しさからかもしれない。大人の男だからこそ、そんな不器用な表現しかできないのだと思ったリンは、ここで自分が動揺している場合ではないと思った。

「旦那さま、お疲れでしたら少し休まれた方がいいです。芝生の上は意外に気持ちが良いものですよ」

きちんと休むのなら自室の寝室が一番だろうが、気が落ち込んでしまった時には太陽の光を浴びた方がいい。

「ルイスも、ここでお昼寝したことがあるものね？」

「うん！　リンのおひざで！」

「……なるほど、膝枕か」

「あ、いえ、それはっ」

芝生の上に座ったリンの膝に抱きつくようにして話していたルイスが唐突に眠りに落ちてしまったので、そのまま膝を枕にして眠らせただけのことだ。しかも、それは一度だけのことだった。

「リン」

何かを企んだような、ライアンの楽しげな目がこちらに向けられる。

「だ、旦那さま？」

「ルイスにだけ……というのは、ずるくないか？」

自身と子供のルイスを同一に比べる方こそずるい気がするものの、リンに言い返すことはできない。それに、ここで休めばいいと言いだしたのはリンだ。

「……私の膝でよろしかったら」

「もったいないくらいだよ」

そう言ったライアンはリンの手を取って東屋を出ると、近くの大木の根元に誘導していく。そのまま直に座ろうとすると、素早く上着を脱いだライアンが芝生にそれを敷き、座るようにと促した。

　ライアンの服を尻に敷くことなどできなくて直ぐにそれを取ろうとしたが、ライアンは気にしないように言って強引に腰を下ろさせる。

「……旦那さまは強引な方です」

「そうかな。我が儘だとは思うが、それもリンが聞いてくれるからだよ」

　リンの膝に頭を乗せたライアンは、直ぐに気持ち良さそうに目を閉じる。だが、我が儘な主は一人ではなかった。

「リンッ、ぼくも！」

　慌てて追いかけてきたルイスがリンの膝枕を狙ってきたが、大人げないライアンは自身が独占して動こうとしない。

「とおさまっ」

「お前はここにおいで」

　ライアンが叩いて示したのは自身の腹だ。ルイスは口を尖らせていたが、意外にも素直にライアンの腹の上に頭を載せる。

「重いなあ」

　笑った振動を感じたのか、ルイスがライアンに抱きついて楽しげに笑い始めた。こうしていると仲の良い親子そのものだ。

（貴族が芝生で昼寝……）

自分が提案したというのに、なんだかとても不思議な光景だ。

リンは目を閉じているライアンを見下ろした。初めて見た時から整った容姿だと思ったが、こうして目を閉じていてもその印象は変わらない。二十六歳という若さでアングラード家の当主となり、きっと恵まれた生活をしていただろうに……こんな芝生の上で今無防備に寝そべっている表情は幸せそうだ。

（ルイスは、金髪……）

漆黒の髪と碧の瞳のライアンと、金髪に蒼い目のルイス。髪と目の色両方が親子で違うというのも珍しい。そういえば、面差しもよく見ればどこか違う感じだし、ルイスは母親似なのだろうか。

「……眠っちゃった」

ついさっきまでライアンのシャツの釦《ボタン》を弄《いじ》って遊んでいたルイスが、あっという間に眠りに落ちてしまった。

何かを掛けてやらないと風邪をひくかもしれない。

（こ、これ……っ）

今自分の尻に敷いているライアンの上着をどうにか引っ張り出そうとするが、ライアンを起こさないようにしようとするとなかなか力が入らない。それでも何とか片手でライアンの頭ごと体重を支えようとした時、不意に膝に乗っていた頭の重さがなくなった。

（え……）

ライアンが頭を浮かせたことに少しして気づいたリンは、慌てて上着を引っ張り出すとそれをルイスの身体に掛けてやる。

「ありがとう」

笑みを含んだ礼の後、また膝には重みが掛かった。どうやらライアンもこのまま昼寝を続行するらしい。

リンの休み時間はそろそろ終わりだが、この体勢は崩せそうもないので諦めた。今日は少し帰りを遅くして仕事をすることにする。

「……リン」

どのくらい経っただろうか。

もうとっくにライアンも眠っていると思ったのに、いきなり静かな口調で名前を呼ばれてしまった。

「はい」

すると、唐突に伸びてきた手がリンの手を摑む。突然のことに反応できないままでいると、ライアンはそのまま自身の口元まで持っていき、軽く指先にくちづけた。

「！」

自分の手は炊事や洗濯をしていて荒れている。とても、ライアンが普段相手にしているような女たちの柔らかなそれとは違いすぎて恥ずかしくてたまらなかった。だが、焦って手を引こうにも、ライアンは強く握って離してくれない。

「だ、旦那さまっ」

「ルイスを撫でてくれる優しい手だ」

「え……」

「私は、君の手がとても好きだよ」

「……っ」

《手》がと言われたのに、まるでリン自身が好きだと言われたような気がして顔が熱くなった。

屋敷の庭で、それも側にルイスがいるというのに、なんだか濃密な雰囲気に身体を取り囲まれたような気がする。

一人焦るリンに、ようやく手を離してくれたライアンが意外なことを言ってきた。

「今日はこのまま泊まってくれないか」

「……え？」

アングラード家の使用人たちはみんな住み込みで働いている。ただし、リンだけは家庭の事情もあり、通いを許されている状況だった。雇用条件にもそのことは記されていて、優遇してもらうことを本当に感謝していたくらいだ。

ライアン自らそう言うということは、何か特別な仕事でもあるのだろうか。

それとも、もしかしたらまた、解雇を言い渡されるのだろうか。

「あ、あの、私何か……」

「君に頼みたいことがあるんだ。ご自宅には使いを出すから……いいかい？」

雇い主にそう言われ、嫌ですと言う使用人などいない。それに、ライアンが言う頼み事というのがなんだかルイスに関することのような気がして、リンは別の意味で気になってしまった。

「わかりました」

使いを出してもらわなくても、夕方少し時間をもらって自分で言いに行けばいい。その時ついでに夕食の支度もできれば。

リンは眠る親子を見下ろす。似ていなくても、互いに十分想い合っている親子だということは、この短い間でもリンには強く伝わっていた。

夕方、レジーヌに言って仕事を抜けたリンは、先に夕食の買い物をするために市場に向かうことにした。

育ち盛りの弟たちはよく食べるし、療養中の父親にも栄養のあるものを食べさせたい。

屋敷の裏門から出て足早に歩いていたリンは、直ぐ側に馬車が寄ってきたことに気づいた。通りに面しているので珍しいことではないが、ちらっと見たそれはとても豪奢な装飾が施されている。

（あ……っ）

その扉に印された紋章を見てリンは立ち止まった。

「王家の……」

金で施されたそれは間違いなく王家の紋章で、乗っている人間もまた王族だと察せられた。ここは高位に就く人間の屋敷が多いので王族の訪問も考えられなくはないが、他に護衛の姿がないのが少しだけ違和感を覚えた。

不思議なことに、リンが立ち止まると馬車も突然停止する。店もない場所でどうして停まるのかと思うと、間もなく、小窓が開いて誰かが顔を覗かせてきた。

（き……れい……）

それは、リンよりも少し年上の若い女だった。

緩やかに巻いた金髪の髪と、綺麗な薄茶の瞳。色白の、化粧をしたその顔は、まるで人形のように綺麗だった。

「今、あの屋敷から出てきたようだけど」

少し冷たい響きの声に驚いて何を言っているのか一瞬わからなかったが、眉を顰《ひそ》めた女にもう一度同じ言葉を言われ、リンはようやく自分が話しかけられていることを理解した。

まったく面識もない相手だ。そもそも、王族の人間と平民が些細なかかわり合いも持つはずがない。

「答えなさい」

呆然として何も言えないリンに、女は苛立ったように促してきた。

「は、はい」

「アングラードの屋敷ね」

「……はい」

アングラード家が有名なのは広く知られているので、もしかしたら単に事実だけを聞いてきたのかと思ったが、見ているうちに女の顔の中に見えたもう一つの面影が、リンの中の不安と疑念を強くした。

「あ、の……」

「私がいたころはお前はいなかったわ。最近雇われたのかしら」

「！」

（やっぱり、この人旦那さまの……！）

ライアンと結婚し、ルイスを産んで、王に召し上げられて城にあがったアングラード家の元女主人、サンドラの突然の出現に、リンは一瞬頭の中が真っ白になってしまった。

ここに彼女がいたのは偶然なのか、それとも我が子のルイスに会いに来たのか。いや、もしかしたらライアンと話があったのかもしれない。

「どうなの」

「あ……の」

リンが勝手に想像していたサンドラは、子供に心を残しながらも泣く泣く王に乞われて城にあがった儚げな女性だった。しかし、実際に言葉を交わせば直ぐにわかる。サンドラはかなり勝ち気な性格だ。

それが身分の差から出ているのかどうかはわからないが、あからさまにリンを下に見る彼女に対し、少しだけ胸がざわついてしまった。それでも、尋ねられて答えないわけにはいかない。リンは顔が強張りながらも何とか言葉を紡ぎ出した。

「……はい、三カ月ほど、前です」

「そう」

サンドラはジロジロとリンを見る。値踏みしているような眼差しに居心地が悪くなった。

「ライアンの好みではないわね。手は付けられていないでしょう？」

「なっ……旦那さまはそんなことしません！」

「随分買い被っているようだけど、あんなにも冷たくて自分本位な男はいないわ」

「ま、待ってください、どうしてそんなこと……」

「お飾りでも、あの男の妻として側にいたからわかることなの。忠告しておくけれど、あの男が口にする言葉はすべてその場しのぎの意味がないものばかり。口先ばかりで戦おうともしない、腰抜けの男よ。もしも遊びで手を付けられたなら、せいぜい金を出させるといいわ。財力しか取りえがないんだもの」

自分の言った言葉に笑い、サンドラは窓を閉めた。それを合図にしたかのように馬車は走り始める。

「あ……」

（ルイスには会わないで……？）

こんなに近くまで来たのなら、一目でもルイスに会っていけばいいのにどうしてそのまま立ち去るのか。サンドラの気持ちがわからず、リンは唇を噛みしめた。

美しいサンドラに自分が卑下されるのは構わないが、自分の夫であったライアンをあんなふうに言うなんて信じられなかった。

「……綺麗な人だった……」

華やかな美人のサンドラなら、端正な容貌のライアンと似合いの夫婦だったろう。二人が並んだ姿を想像すると、自分がライアンの側にいるのがとても恥ずかしかった。使用人の自分がそんなふうに思うこと自体おこがましいが、それでも勝手に落ち込んでしまった。

沈んだ気持ちのまま買い物を済ませて家に帰り、今日は屋敷で泊まりの仕事があることを母親に告げる。今の仕事場にとてもよくしてもらっているといつも言っているので、母親も特に引き止めることはなく、むしろ一生懸命勤めるようにと言われた。

「お姉ちゃん、今日はいないの？」

「一緒にねないの？」

妹たちはしきりにリンを引き止めようとするが、夕食を作って出すと直ぐに夢中になって忘れてしまったようだ。

「無理をしないようにね」

「うん、わかってる」

家族と一緒にいると、ここが自分のいる場所だと強く感じる。ライアンにはとてもよくしてもらっているが、やはり彼の住む世界は雲の上のもので、リンには絶対手が届かない。それが当たり前なのだ。

懐いてくれるルイスは可愛いが、それは母親を欲している気持ちからで、大きくなれば自然に離れて行くだろう。ライアンがからかってくるのもリンの反応が変わっているからで、飽きればただの雇用主と使用人の関係だけになる。

(うん、絶対にそう)

自分でも、無理矢理そう思い込もうとしていることはわかっている。それでも、未来はきっとそちらになる可能性の方が高いはずだ。

「行ってきます」

暗くなった道を、アングラード家に向かって急ぐ。途中の市場の中には酒場もあるので、変に絡まれたりしたら大変だ。リンのような子供を相手にする者はいないはずだが、あまり出歩かない夜道は自然に気持ちを不安にさせた。

だが、家を出て市場に入る前、

「リン」

突然名前を呼ばれたリンは立ち止まる。聞き慣れた声の主が誰かわかっているはずなのに、まさかと打ち消してしまった。

しかし、直ぐにまた名前を呼ばれ、リンは怖々振り向いてみる。

「……旦那さま……」

立っていたのはライアンだった。市場の中で上等な服を着ているライアンはかなり浮いている。チラチラと視線を向けて来る者もいるし、頬を染めて今にも声を掛けてきそうな女たちもいた。

しかし、ライアンの視線はリンにだけ向けられていて、リンが気づいたのがわかったのかゆっくりと近づいてくる。

「あ、あの、どうして？」

「若い娘が夜に一人で歩くのは危険だろう」

「え、えっと、じゃあ……」

「行こうか」

わざわざ迎えに来てくれたことがわかり、リンは戸惑うと同時に嬉しくてたまらなくなった。

「あ、ありがとうございます」

「手でも繋ぐ？」

「つ、繋ぎませんっ」

声をあげて笑ったライアンはリンの歩調に合わせ、人波からリンを守るように歩き始める。その横顔を見上げながら、リンは夕方会ったサンドラの言葉を思い出した。

『随分買い被っているようだけど、あんなにも冷たくて自分本位な男はいないわ』

（……そんなことない。旦那さまはとても優しい人よ）

その優しさを、サンドラは理解しなかっただけだ。

自分の中でその事実に揺らぎがないことを改めて思い知ったリンは、ようやく胸の中のモヤモヤが晴れたような気がした。

第三章

　初めて屋敷に泊まることになったリンは、ルイスにせがまれてそのベッドに一緒に横たわっていた。眠るまで一緒にいてほしいと可愛い顔で懇願されて、嫌だという選択肢はなかったのだ。

　リンが側にいることで目が冴えているルイスは、色んなことを話してくれる。それは主にライアンのことだった。

「きのうね、とおさま、おちゃこぼしてね、レジーヌにおこられちゃった」

「どうして零したの？」

「ぼくが、リンのことおよめさんにしてっていったから」

「え？」

　突然の告白に、リンは呆気にとられてルイスを見つめる。自分がどんな意味の告白をしたのか自覚がないらしいルイスは、にこっと愛らしい笑顔を向けてきた。

「ぼく、リンがだいすきだから、ずっといっしょにいたいなっておもって。ウォルターにきいたら、とおさまのおよめさんになってもらったらずっといっしょにいてくれますよって。リン、とおさまのおよめさんになって、ぼくのかあさまになってくれる？」

「ル、ルイス……」

先日のジュリとの会話を思い出したリンは、直ぐに返事をすることができなかった。

昔はかなり遊んでいたらしいのに、今は清廉潔白な生活をしているライアン。

ルイスを身を挺《てい》して庇い、悪人にも怯まず立ち向かったライアン。

事あるごとにリンに構ってきて、甘えてくるライアン。

自分の中に彼に対する好意が確かにあるし、母親のいないルイスにとって「側にいてほしい」という言葉を言うのにどれほどの思いが込められているのかわかるからこそ、曖昧な態度をとることができなかった。

しかし、このルイスの言葉から、王から城へと呼ばれていることを本人は知らないことがわかった。そのことに、リンは内心安堵する。

「リン？」

自分の望む返事をしてくれないリンに、ルイスは途端に泣きそうに目を潤ませた。

「とおさま、きらい？」

その言葉に、リンの意識は再び引き戻される。

「き、嫌いじゃない、けど」

「じゃあ、すき？」

好きか、嫌いか。子供の思いは実に明快だ。口に出せない自分はいつの間にか大人になったのかもしれないと苦く思いながら、リンは少しだけ逃げることにした。

「旦那さま……お父さまの気持ちも大切でしょう？　好きでもない相手に……」

「とおさま、リンのことすきっていったよ？」

「えぇっ？」

「リンは？　リンもとおさますきだったら、ぼくのかあさまになってくれるよね？」

「あ……」

「ぼく、リンにぎゅっとされるの、すき」

「か、考えておきます」

思わず敬語になってしまったが、否定されなかったことを肯定だと思ったらしいルイスは喜んでいる。

「さ、さあ、早く寝ないと」

「は～い」

上掛けを掛け直してやり、腹のあたりをポンポンと軽く叩いてやると、間もなくルイスの瞼が落ちた。だが、小さな手はしっかりとリンの服を掴んで離さない。

「……さまぁ……」

その呟きが母親を呼んでいるのがわかり、リンは胸が苦しくなった。

サンドラはどうして、こんなに可愛いルイスを置いて出ていくことができたのだろう。

夕方に屋敷の近くで会った時だって、ここには寄らなかったことはわかっている。

母親としてよりも、王の寵愛を受けることに喜びを感じるなんて、リンには到底理解ができなかった。

それなのに、どうして城へとルイスを呼ぶのか。

「……母さま、か」

ルイスが望むのなら、母親代わりとしてその身体を抱きしめてやりたい。この小さな身体でたくさんの悲しみを耐えているルイスを慰めてあげたいとは思う。

ライアンのことも、側で支えてあげることができるのなら――。

「……馬鹿なこと……」

だが、リンはただの使用人で、ライアンとはあまりにも身分が違いすぎる。

(……あれ？)

ちくんと痛んだ胸に、リンは自分自身で戸惑っていた。


いつもは陽が暮れる前に帰宅するので、こんな時間の屋敷はなんだか知らない場所みたいだった。

静まり返った廊下を歩きながら、リンはふと自分は今夜どこで休むのかレジーヌに聞いていなかったことに気づいた。皆と同じように離れに休む部屋はあると思うが、勝手に行ってもいいのだろうかと今さらながら悩む。だが、こちらにはウォルターが休んでいるし、ライアンとの話が終われば彼に聞けばいいと思い直して、真っ直ぐ彼の部屋に向かった。

（……なんか、緊張するな）

ライアンの話というのは何だろうか。最近、彼のことで気持ちが揺れているリンにとって、その内容ばかりではなく二人きりで会うということ自体にも緊張する。

良いことか、それとも悪いことか。

屋敷での仕事のこと、ルイスのこと。もしかしたらライアンのことかもしれないと次々と考えては打ち消し、彼の私室の前に着いた時には緊張は頂点に達していた。

リンは大きな息をついて、思い切って扉を叩く。すると、まるで待っていたかのように中から扉が開いた。

「あ、こ、こんばんは」

言ってから、間抜けな挨拶だと思ってしまったが、ライアンは楽しげに目を細めて身体を横に避けてくれる。

「どうぞ」

「は、はい」

何度も訪れたことのあるライアンの私室だが、こんな時間に入るのはもちろん初めてだ。

リンは緊張を誤魔化すように早口に伝えた。

「ルイス、寝ました」

「ああ、ありがとう。今日はよく遊んでいたみたいだからね、直ぐに眠っただろう?」

頷いたリンの頭に、先ほどのルイスの会話が鮮やかに蘇る。

『とおさま、リンのことすきっていったよ? リンもとおさますきだったら、ぼくのかあさまになってくれるよね?』

それが子供の他愛無い話だとしても、なんだか意識してしまって思わず視線を逸らしてしまった。

「あ、あの、何か飲み物を用意しましょうか?」

「リン、緊張している?」

何かしていないと落ち着かないリンの気持ちがまるで見えたかのように言われ、咄嗟に否定することができない。だが、このままではライアンも話がしにくいかもしれないと思い直すと、すみませんと小さく謝罪した。

「旦那さまとこうして二人になることって、今まであまりなかったから……」

正確には、こんなふうに気持ちが揺れている時に会うことに緊張しているのだが、さすがに本当のことは言えない。

頭を下げたリンに、ライアンは笑いながら告げてきた。

「謝ることはないよ。私も緊張しているし」

「……旦那さまが?」

「今から私の言うことで、君がどんな反応をするのかと思ってね」

そこまで言って、ライアンがじっとリンを見る。彼が何を言おうとしているのかリンにはわからないままだ。

（何か私に……関係すること？）

しかし、どう考えてもわざわざ時間を取ってまで話し合う内容が思いつかない。

自分で考えることを諦めたリンは、情けなく眉を下げてライアンを見た。すると、こちらを見ていたらしいライアンと視線が合ってしまう。じわっと頬が熱くなる気がしたが、話のことが気になるリンは言葉を押し出した。

「よ、用件をお聞かせください。聞かないうちには何も言えません」

「確かに」

そう言って向かいの椅子を勧められ、リンは礼を言ってから浅く腰かける。

それを見てからライアンも腰掛けると、さっそくというように切り出してきた。

「ルイスのことなんだが」

「ルイスの？」

「君も知っているように、数カ月前に母親が出ていって以来、あれは随分臆病になってしまっている。まあ、それもしかたがないとは思うが、見ているだけの私としてはどうも気になってね」

ライアンの言葉に、リンも真剣な表情で頷いた。

元の性質がどんなものかはわからないが、リンが知っているルイスは大人の顔色をうかがうような大人しく臆病な少年だ。それが母親が出ていってからのことだとしたら、幼い子供の心はかなり深く傷ついているだろう。

今でこそ笑顔を見せてくれるものの、寝言で母親を呼ぶのはまだその傷が癒えていないということだ。

「私も、ルイスのことは気になっています。凄くいい子なんですけど、どこか不安定っていうか……」

「ルイスは君に懐いている。どうだろう、召使いとしてではなく、ルイスの母親役として勤めてくれないだろうか?」

「……え?」

一瞬、ライアンの言っている意味がわからずにリンは聞き返してしまった。

「どう?」

「どう……って……え……?」

「今までの仕事が君に合っているのならそのままでも構わないが、第一にルイスのことを考えてほしいんだ。……ああ、今の君も、十分ルイスのことを可愛がってくれているのはわかっているよ? ただ、それは世話をする者としての立場だろう? それをもっと身近に、本当の母親のような気持ちになってもらいたい」

「……でも、ルイスのお母さまは……」

「あれはもう、母親ではないよ」

冷たい響きの声に、リンは息をのんだ。ライアンの、ルイスの母親……自身の妻に対する怒りが痛いほど伝わってくる。

一度だけ見た彼女は、確かにライアンが言うように母親には見えなかった。どちらかといえば女としての生き方の方に重きを置いて、いっそ欲望に忠実な姿は清々しいほどだ。

そこまで考えて、リンはあっと気づく。ルイスにとって良い母親でなかったということは、ライアンにとっても良い妻ではなかったということかもしれない。しかし、代わりにリンをと考える真意はなんだろう。

「リン、お願いできないだろうか」

命令ではなく、懇願。だからか、できないと即答できなくなる。

「芝居で構わない。私たちの家族になってくれないか」

「家族……」

悩むリンに、ライアンが言葉を継いだ。

どこまでできるかはわからない。それでも、ルイスの傷が癒えるのなら、できることはなんでもしてあげたいと思った。

「……私は、どうすればいいんですか？」

長い沈黙の後、リンはライアンに尋ねる。どうすれば一番良いのか、教えてもらうためだ。

リンの言葉に承諾を悟ったライアンが、嬉しそうに笑う。その表情がとても素直なものに思え、リンは頬が熱くなってきた。こんな顔をされると、どうしていいのかわからなくなる。

その動揺をどう見ているのか、ライアンは穏やかな口調で言った。

「ルイスを抱きしめてやってくれ。あれが望めば微笑んでやってほしい」

「……それだけでいいんですか？」

もっと具体的なことを言われるかと覚悟をしていたリンは、抽象的なライアンの言葉に思わず聞き返す。

すると、

「それと」

少し声音が変化した。

「家族というものを味わわせてやりたい」

「家族？」

「君がルイスの母親役になってくれるのなら、そこには父親の私も必要だろう？　両親がいて、子供のルイスがいる。そんな当たり前の家族を演じてほしい」

「それは、あの……ルイスの母親役だけじゃなくて、旦那さまの、その……」

「ああ。私の妻としてもふるまってほしい」

さすがに考えもしなかったことで、リンは言葉が出てこない。

「四六時中ずっとというわけではないよ？　この屋敷の中でリンと君と私が一緒になった時だけでいい」

（ルイスの母親役だけじゃなくて、旦那さまの……奥さま……）

ルイスのことはもちろん心配で、できることはなんでもしてあげたい。それと同時に、どこか屈折しているライアンのことも見ているだけではいられなくなっている自分がいる。

「……わかりました。ルイスが少しでも寂しくないようにできるなら、私ができることはなんでもします」

できることは限られていると思うが、それでも望まれているのなら応えたい。

「あの、でも、ルイスが必要ないと思うようになったり、旦那さまが新しい奥さまを迎えるようなことがあったら、今の約束はなかったことにしてください」

いくらリンの気持ちに嘘はなくても、本当の家族が二人にできることが一番だ。僅かに疼く胸の痛みを誤魔化すように言うと、ライアンは満足げに頷いた。

「それなら、さっそく私と練習をしようか」

「え？」

言うなり立ち上がったライアンは向かいに座っているリンの隣へ腰を下ろし、当然のように肩を抱き寄せる。突然のことにリンは瞬時に身体を固くし、上ずった声で尋ねた。

「あ、あの、これは？」

「練習だよ。ルイスの前でちゃんと夫婦でいられるようにね」

「で、でも、お芝居でそこまで……っ」

「今の私は、君を本当の妻のように思っているよ」

「旦那さ……っ」

さらに尋ねようとしたリンの唇は、下りてきたライアンのそれに塞がれる。とっさに押し返そうとリンは手を上げたが、それを反対の手で掴んだライアンはくちづけを解いてリンを見つめてきた。

いつも以上に冗談が過ぎると思ったが、意外にも真摯な眼差しがそこにあった。

「……どういう、つもりですか」

「君ともっと仲を深めたいんだ」

空気が、急に濃密な色を帯びてきた気がする。

ライアンの眼差しが、言葉が、いつもとは違うのを肌で感じ、リンはうろたえて視線を逸らした。目が合ったままだと、なんだか胸の奥にある感情が湧き上がってくるような気がしたのだ。

「……こ……いうことをしなくても、その、ふりをすればいいんじゃ……」

何とか話を元に戻そうとしたが、

「ルイスは、私たちの仮面のような生活を目の当たりにしてきたんだ。だからこそ、いくら芝居だと言えど、私は君を本気で妻として見るつもりだし、君にも私を夫として、そしてルイスを我が子として見てもらいたい。無理な頼みだとは承知しているが、どうかリン、ルイスのためにも協力してくれないだろうか」

そう言いながら、ライアンはリンを真っ直ぐに見ている。

視線を合わせたら駄目だ。頭の中でそう思うが、塞ぎようのない耳には甘い毒のような魅惑的な声が届き続けた。

「今まで以上に時間を拘束してしまうかもしれないことに関しては、特別手当を出してもいい」

だが、ライアンのその言葉にリンの目が吊り上がった。

「私はお金が欲しくて言っているんじゃありません！　これが、本当にルイスのためになるのか考えて……っ」

自分の態度にそんな誤解をされたのなら、悔しい以上に悲しい。涙がこみ上げるのを必死に堪え、リンは再びライアンの目を見返した。

「わかっている。すまなかった、リン。貴族というものはなんでも金に換算して考えがちだ。……こんな私の愚かな考えも矯正してもらえると嬉しいな」

まただ。

こんなふうに、リンのような者に対してもきちんと謝罪してくれるライアンを誠実だと思ってしまう。

だから――絆《ほだ》されるのだ。

「……私は、何をすればいいんですか？」

その言葉でリンが許したと思ったのか、ライアンは抱きしめる手に再び力を込めてきた。

「まずは、夫婦役の特訓だ。こうして私が触れても、怯えて逃げたりしないように」

すぐ目の前にライアンの顔が迫る。

距離を置きたくても、しっかりと抱きしめられているので動くこともままならない。

無意識にライアンの唇に視線がいってしまったリンは、そんな自分に気づいて動揺してしまった。

「で、でもっ、くちづけまでしなくても」

「ルイスには、愛し合う家族を体験して欲しい。リン、君が本当に嫌がるのならそこで止めるから、どうかもうしばらく私の妻になりきってくれ」

「旦那さ……っ」

下りてきた唇を、なぜかリンは受け入れてしまった。受け止めることに精一杯で唇は引き結んだまま、身体も緊張で強張っていたが、ライアンは宥めるように何度も背中を撫でてくれる。

(ほ、本当にいいの？)

ライアンのくちづけを受けながら、リンはまだ心中で葛藤していた。いくらルイスのためだとはいえ、夫でも恋人でもない、世話になっている屋敷の主人とこういうことをしてもいいのだろうか。

母親を欲するのはあの年齢の子供にとって当然のことで、リンがその代わりになるとルイスが思ってくれているのなら、強く拒絶することがリンにはできなかった。

それに、もしも母親を恋うルイスが城に行ったとしたら、ライアンは一人きりになってしまう。あの寂しい眼差しで空のベッドを見つめる姿を想像するだけで胸が痛むのだ。

それならば、ルイスがライアンの元から離れていかないよう、仮にでも自分が家族として側にいればと考えてしまった。もちろん、正しいことではないだろうが、ライアンのあの目をもう見たくはない。

「リン」

『とおさま、リンのことすきっていったよ？』

ルイスの言っていた言葉がまた思い出される。

（あれは、こういう意味の〝すき〟なの――？）

「んっ」

考え事をしている間に、唇の隙間から舌が忍びこんできた。初めてのざらついた感触に戦いている隙にそれはリンの舌を絡め取り、ちゅっと吸い上げてくる。

「ふ……ぁっ」

（な、中にっ）

ライアンの唾液が口中に送り込まれ、飲み込めないでいるとたちまち溜まって無意識に嚥下してしまう。それだけでもうリンの思考は混乱して、自分を抱きしめる腕に強くしがみ付いてしまった。

今まで生活することに精一杯だったリンには、誰かと恋愛したことはおろか好きになった相手もいない。そんな暇がなかったことも大きいが、心を強く惹かれる相手がいなかったからだ。

だが、偶然に出会った大貴族のライアンは、驚くほどするりとリンの心に入り込んできた。ルイスの存在もあるが、ライアンもリンの中で、大きな存在となっている。

母親の愛に飢えたルイスに、リンも精一杯の愛情を注ぎたいし、言動からはうかがい知れない繊細なライアンの支えにもなりたいと思っている。

もちろん、ただの使用人である自分がそう思うこと自体おこがましいが、それでもできることはしてあげたい。

身分が違い過ぎるのなんて最初からわかっている。立場をわきまえ、ライアンとルイスのために自分ができることをする。そのためにこの行為が必要なら、受け入れられるところまでは頑張ってみようと思った。

リンの身体から力が抜けたのがわかったのか、少しだけずれたライアンの唇から笑うような吐息が感じられた。恥ずかしくなって俯こうとしたが、顎を取られて強引に上向きにされてしまい、リンは咄嗟に目を閉じてしまった。

「リン」

ライアンの声は優しい。リンの態度に怒ってはいないとわかり、自分でも意外なほど安堵した。

「リン」

　その名を呼ぶライアンの顔が見たくなったリンは少しだけ目を開く。驚くほど間近にあったライアンの表情は、リンの方が恥ずかしくなってしまうほどの優しさと愛情に満ちていた。

（……どうして……？）

　これはあくまでもルイスのためだと言っていたくせに、こんな目で見られてしまうと、ライアンの自分に対する確かな愛情を感じてしまうではないか。

「ありがとう」

「……お礼なんて、変です」

「……そうだった。今、私たちは夫婦なんだしね」

「それも変……っ」

　焦って言い返そうとする唇を再びライアンのそれで塞がれ、既に馴染んでしまったくちづけにリンが酩酊する間に、いきなり身体が抱きあげられてしまった。

「んんっ」

　抵抗しようにも、空にある身体が落ちてしまわないだろうかという思いが頭を過って、腕はしっかりとライアンの首に回る。くちづけが解かれないせいで文句も言えず、リンは呆気ないほど簡単にライアンの寝室へと運ばれてしまった。

　掃除をするために何度か部屋に入ったことはあったが、もちろんその時に意識などするはずもない。だが今は、明らかに部屋の中を支配する濃密な空気にどうしても落ち着かず、ベッドの上に下ろされたリンは無意識のうちに上掛けで身体を覆ってしまった。

そんなリンを見下ろしているライアンには、まったく動揺した様子は見えない。困ったように肩を竦める仕草にも余裕が見えて、自分との経験値の違いがわかるような気がした。

(今までも、こんなこと……)

そもそも、ライアンは結婚していた男だ。その上、大貴族で、見た目だって十人が見て十人とも男前だというほどに整っている。少し前まではかなり遊んでいたというくらいだし、余裕があってもしかたがない。

「……変なことを考えているだろう？」

「えっ」

まさか自分の思考が見えてしまったのかと慌てたせいか、リンの声は裏返った。

「わ、私は、別にっ」

例えライアンの経験が豊富であっても、それを使用人のリンが面白くないと思う立場にない。そうは思うが、やはり心の中はモヤモヤとしてしまい、自然とライアンから顔を逸らすリンが横たわるベッドに乗り上げてきたライアンは、手を伸ばして頬に触れてきた。

「清らかな身だったと胸を張ることはできないが、今まで誰にも心は許していなかったことは確かだ」

「……」

「そんな私の心が動いたのは、君に出会ったからだよ、リン。さあ、可愛い顔を見せてくれないか」

（……絶対に、女たらしだ……っ）

こんな言葉を、こんな切なげな目をしながら言われたら、どんな女でも騙されてしまうに違いない。現にリンも、本当にライアンに愛されていると錯覚してしまいそうになっている。

「嫌なら、直ぐに止めるから」

リンの動揺を察したかのように一言そう言ったライアンは、胸の釦に手を掛けた。部屋に呼ばれた時点でエプロンは外していたので、遮るものは何もない状態だ。

「あ、あのっ、これって……」

リンは反射的に伸ばした手でライアンの手首を摑むと、反対の手で露わになった胸元を隠すように覆った。

「嫌？」

ライアンはリンから視線を外さないまま訊いてくる。

「だ、だって……っ」

「私たちは夫婦になるんじゃないか？」

「で、でもっ」

「大丈夫」

何が大丈夫なんだという言葉は重なったお互いの口の中に消えてしまう。リンが覚えたばかりのそれに夢中になってしまっている間に、服は肩から脱がされて下着が丸見えになっていた。

使用人の制服は支給されているが、下着はもちろん自前だ。清潔にしている自信はあったが、ライアンが今まで相手にしてきたような高貴な立場の女性のものとは雲泥の差がある。それをライアンの目の前に晒すというのはかなりの羞恥があるし、必死で保とうとしている自尊心が愚かにも崩壊していく音が聞こえそうだ。

笑われたりしたら、それこそ消え入りたい気分になってしまうと思ったが、ライアンはまるで大切なものを確かめるかのように優しく、丁寧な手つきでリンの肩を撫でると、胸元に顔を下ろして唇を押し当て、軽く吸われた。

「……んんっ」

ちりっと、甘い痛みが走る。そのうえ、休むことなく動く手がスカートの中にまで忍びこんできたことに混乱する。

「だ、旦那さまっ」

「こういう時は、名前を呼ぶものだよ」

「でもっ」

呼べるはずがない。そう叫びたいのに、今唇を開くと口を突いて出る声は甘くなりそうで、リンは必死に口を引き結んだまま首を左右に振って抵抗の意思を示した。

「頑固だ」

「……」

「でも、そこがいい」

「ひゃぁっ」

敏いライアンがリンの動揺に気づかないはずがない。だが、そのまま下着も強引に下ろされてしまい、乳房が露わになってしまった。

「綺麗な形だ」

「な、ちょっ」

「ここも、綺麗な淡い薔薇色だし、肌は絹のように滑らかで白い」

次々と囁かれる言葉はあまりにも恥ずかしいもので、全身が羞恥で赤く染まってしまいそうだ。いや、多分そうなっているだろうということは、初めて感じるほどの身体の熱さから察することができた。

子供のころならばまだしも、物心つくようになってから他人に肌を晒したことなどない。将来、結婚する相手としか身体を重ねることはないだろうと思っていたリンにとっては、今ライアンに素肌を見られること自体信じられないことだった。

大きな手で乳房の形を確かめるように揉まれ、その感触に背中が震えてしまったせいで胸を反らす体勢になってしまう。すると、ライアンは腰に手を回して、一気に服を脱がしてしまった。

「や……っ」

その手際の良さにただ呆然としている間に、ライアンの唇が首筋から胸もとへと滑り落ちてくる。時折強く吸われ、その後に宥めるように這わされる舌の感触を追っているうちに、下着の中に入り込んできた手に直接尻を揉まれてしまい、リンはたまらず声を上げていた。

「や……っ、んぁっ」

そんな声など出すつもりはなくて、自分の耳に飛び込んできた甘い響きに驚いてしまい、リンは咄嗟に唇を噛みしめる。だが、顔を上げたライアンに優しく微笑まれながらくちづけをされてしまうと、必死にかき集めた理性は簡単に崩壊してしまった。

「いいんだよ、リン。気持ちが良いのなら声を上げるのは何らおかしいことじゃない。君の感じている声は可愛らしくて、私はとても好きだよ」

「旦那……さ、ま」

「その呼び方はしかたないのかもな」

本当に、声を出してもいいのだろうか。そのことに考えが囚われたリンは、今ここでライアンを止めるという選択が頭の中から消えてしまった。

戸惑った眼差しを向けると、ライアンは何度も髪を撫でてくれ、リンの気持ちを落ち着かせるかのように顔中にくちづけをしていく。そうすると、不思議な安堵感が胸の中を支配していた。

初めての感覚には恐れと困惑の方が強かったが、すべてライアンに任せたらいいのだ。

それでも少し躊躇いが残ったままライアンの背に腕を伸ばすと、目の前の顔が嬉しげに綻ぶのが見える。初めて見るようなその顔に、リンもなんだか気恥ずかしくなって目を伏せた。

リンが抵抗しないとわかったのか、ライアンは身体を起こすと自らの服を脱ぎ始める。そう言えば、ライアンの身の回りの世話は今まであまりしたことがなく、こうして裸身を見るのは初めてだ。

「あ……」

（……結構……逞しいんだ）

いつも上等な服を着こなす長身の姿は綺麗だとは思っていたが、その下の身体は意外にも筋肉がついて逞しく、リンの想像していたものとは違っている。それでも、腰が高く、長い手足は均整の整ったもので、自然と見惚れてしまった。

だが、その視線が下肢の男の証へと向いた時、それまでの興奮で霞がかかったリンの思考は一気に現実に戻り、その上で大きな衝撃を受ける。

（な……に、あれ……）

男兄弟も多いリンは当然風呂にも入れたことがあるので、女の自分との身体の違いはわかっているつもりだった。だが、成人した男のそれをまじまじと見たのは今が初めてで、その異様な姿に思わず頬が引き攣った。

太く逞しい、長大なそれは、先端部分が傘の張っていて、色も赤黒くて卑猥なものだ。既に支えが要らないほど勃ち上がったその先端からは蜜が滲み、血管が浮き出ているそれを濡らしている。

秀麗なライアンの容貌とは裏腹の、凶悪にも見える陰茎はあまりにも生々しく、そこだけまったく別の生き物にも見えてしまった。

「驚いている？　リンが欲しくてこうなってしまった」

「わ、私を？」

「君の中に納めないと鎮まらないんだ」

「……」

（あんなものを、私の中、に？）

宿屋や以前働いていたお屋敷の、姦《かしま》しい女同士の話で嫌でも性交の知識だけはあった。女が男を受け入れるには、確かに性器を身体の中に迎え入れなければならないらしいが、あんなにも大きなものが入るはずがない。

高まりかけた身体の熱が冷めていくのを感じ、リンはとりあえず一度ライアンの身体の下から逃れようと身じろいだ。だが、腿の辺りを足で挟まれている今の状況では逃げられそうにない。

「……旦那さまっ」

リンは助けを求めてライアンを呼んだ。

いつもの彼なら、ここでリンが落ち着くまで何もしないはずだ。いや、多分これ以上のことはしないと約束してくれる。

「私にすべてまかせなさい」

しかし、ライアンはそう言って再びリンの身体に覆いかぶさってくると、拒絶の言葉を言えないようにするかのようにくちづけをしてきた。

「ふぅ……んっ」

今夜だけで何度もされたくちづけは相変わらず優しく、それでいて情熱的にリンの口腔内を犯していく。絡み合う舌の感触と口中に溢れる唾液を嚥下することに必死になったリンは、伸びてきたライアンの手が下肢に触れることをやすやすと許してしまった。

「！」

（そ……こっ）

「大丈夫、ちゃんと濡れているよ」

「……んんっ」

当然のように言われても、リン自身自分の身体の変化に戸惑うばかりでどうしたらいいのかわからない。ライアンに秘唇を弄られるごとに聞こえてくる淫らな水音に、居たたまれない思いがこみ上げてきて、何とか彼の手を止めようと足に力を入れてみた。だが、思った以上に身体からは力が抜けていて、反対に自身を弄る手をもっと奥に受け入れるかのように隙間を与えてしまう。

その間に、ライアンはリンの乳房へ顔を埋めて乳首を口に含む。舌で丹念に弄られていくうちに尖ってしまったそこを今度は歯で甘噛みをされ、上下で与えられる刺激にリンは下肢に熱が溜まっていくのを感じた。

(わ、たしっ)

この先の未知の体験で、自分はどうなってしまうのだろう。ライアンが言っていたように、彼とルイスの家族の役をちゃんとこなせるようになるのだろうか。

だが、この状況で考えなどまとまるはずもなく、今はただ与えられる快感を拾うことだけで精一杯だ。

その時、

「！」

身体の中に、何かが入り込んできた。痛みというよりも衝撃で腰が跳ねたリンが焦って顔を向けた先には、下肢に触れたままこちらをじっと見下ろすライアンの顔がある。まるで観察しているかのような冷静な眼差しに、自分だけが快感に翻弄されているようで恥ずかしくてたまらなくなった。

慌てて顔を逸らそうとしたが、ライアンにくちづけで縫いとめられて、舌と指の動きに頭の中がどうにかなってしまいそうになった。

「ん……んぅっ」

身体の中を探るように動いているのはライアンの指だ。グチュグチュという水音とくぐもった自分の声が静かな部屋の中で響いている。

ようやく、リンは今から自分が何をされるのかを現実としてわかった気がした。ライアンが今指を入れている場所に、彼のものを迎え入れる。とても入らないと思うが、彼は入れる気だ。

（私は、いい、のっ？）

止めてもらうのなら、今しかない。始まりの時、嫌というのなら止めると言ったライアンの言葉はきっと嘘ではないと思う。

それなら――。

息も絶え絶えの中、リンは目を閉じた。

いつの間にか中に入れられる指は二本に増え、同時にどこから持ち出したのかいい香りのする液をたっぷりとそこへ垂らされて、違和感は大きいままだったが痛みはかなり薄れていた。

これは、魔法の液だろうか。

リンの眼差しに直ぐに気づいたライアンが教えてくれた。

「香油だよ。初めて私を受け入れてくれるリンには、できるだけ痛みを感じさせたくないから」

それがこういう時に使うものだと知ったリンは、少しだけ面白くない気がしてしまう。

ライアンの寝室にそんなものがあるということは、今までも他の女性に使ったものかもしれないと思ったからだ。

　だが、ライアンはそんなリンの考えさえも読めたのか、宥めるようなくちづけを目元に落としながら言った。

「私も初めて使うが、危ない薬ではないよ、ほら」

　そう言ったかと思うと、いきなり香油で濡れた自身の手のひらに舌を這わせてみせる。その仕草が妙に艶っぽく、胸がときめいてしまった。

　大丈夫だ。

　これが今だけのことでも、ライアンは大切に抱いてくれる。

　それを信じて、リンは両方の膝裏を抱えあげられる羞恥にも、濡れた、熱く硬いものが陰部に押し当てられる感触にも耐えた。

「……リン」

　名前を言いながら、ライアンが身体を沈めてくる。ぐっと陰唇を押し広げながら入り込んでくるそれ。覚悟はしていたが、信じられないほどの圧迫感と痛みだ。

「ひゃぁっ……あっ……あぁっ」

　声を抑えようにも、息ができないので口は開いたままだ。我慢できずに上げる悲鳴にライアンの顔も苦痛に歪んだが、それでも彼は腰を止めることはなかった。

「リン、リン」

　囁かれ続ける名前に、降り注がれるくちづけ。

リンは下肢の痛みから意識を逸らすため、必死に目の前のライアンの顔を見つめた。

（き……れい）

汗が滲み、眉間に皺があっても、ライアンの整った容貌は損なわれない。いや、かえって男の色香を強烈に感じ、リンは思わず口走ってしまう。

「す……きっ」

その瞬間、珍しく虚を突かれたような顔をしたライアンが、次には何かに耐えるかのように目を細め、直ぐに深いくちづけを仕掛けてきた。

「んあっ」

挿入してくる陰茎の角度が変わって新たな刺激に喘いだが、濃厚なくちづけは止むことがない。

「ふぁ……んぅっ」

（く、るし……っ）

身体の中、いったいどこまで入ってくるのか。もういっぱいいっぱいだと思っても、さらに押し入ってくるそれは、内襞を先端で擦るように刺激しながら奥へ奥へと侵入してきた。リンは必死にライアンの首に抱きつき、圧迫感と快感に耐える。

やがて、ライアンの動きが止まった。ようやくすべてを納めることができたのかと安堵したリンの耳に、信じられない言葉が飛び込んでくる。

「今日は、ここまでにしておこうか。初めてですべて納めるには、リンの中は狭いからね」

「う……そ……ぉっ」

最奥まで届いたと思っていたのに、まだこれ以上があるという。信じられないし、何よりもう絶対無理だ。

「大丈夫だよ。リンは私を受け入れようとしてくれているから、次は絶対にすべて入る」

「ま、待って……あんっ」

次があるのかと問う間もなく内襞を突かれてしまい、リンは苦痛を訴えるものとは違う甘い声を上げてしまった。

ライアンはさらに、引き抜いたり、押し入ったりと様々な角度で内襞を刺激してくる。その度にリンは声を上げ、無意識のうちにライアンの腰に足を絡めた。

「リン、可愛い、リン」

強く抱きしめられ、耳元で囁かれ、リンはライアンのすべてで翻弄される。

もう、嬌声も水音も関係なかった。羞恥なんて、とっくに消えている。

「あっ、あんっ」

「リン、リンッ」

このまま揺さぶられ続けたら、自分はどうなってしまうだろう。怖い……そう感じた時、リンの手にライアンのそれが重なった。

「大丈夫だ、リン」

（……うん）

何の根拠もないのに、ライアンがそう言ったから信じられる。

擦られ続ける内壁は痺れ、声も嬌声ではなく吐息交じりの喘ぎ声に変わった。身体だけでなく心も追い詰められ、もう何も考えられなくなってしまう。

次の瞬間、

「……っつ」

ライアンの低いうめき声と共に、一気に身体の中から彼自身が引き抜かれ、腹の上に熱いものが滴り落ちてきた。白いそれが何なのか、ぼんやりと見つめているとライアンが苦笑交じりに言った。

「情けないな。リンの中が気持ち良すぎて、呆気なくイッてしまった」

言葉の意味は、しばらくしてようやくわかった。自分の身体のことを褒められたのには赤面したが、なによりあんなに長い時間だったのに《呆気なく》はおかしい。

だがそれも、今は文句にもならない。

「リン」

ライアンはリンの頬を撫で、再びくちづけてくる。その後、優しく抱きしめられた。

つい今しがた、身体の奥深くで繋がったばかりだというのに、今の方がライアンを間近に感じるのが不思議だ。

「……一人ではなくなった」

呟かれた言葉に、ライアンの喜びが込められているのが伝わる。リンは重い腕を持ち上げ、汗ばんだ背中を抱きしめるように手を回した。

「……家族、ですから」

「ああ」

歪《いびつ》な形でも、それがライアンの慰めになるのなら。

ルイスが喜んでくれるのなら。

「大切にするよ、奥さま」

その言葉に、リンは自然に頷いていた。

第四章

朝、いつもの時間に自然と目が覚めたリンは、今の自分の状況に思い当たって硬直していた。

目を開いて直ぐに飛び込んできた真っ白なシーツ、高い天井。柔らかく身体を受け止めてくれるベッドの感触とは裏腹に、全身が……特に下肢が鈍い痛みを放っている理由を、そう振り返ることなく記憶は鮮やかに蘇った。

(嘘……)

昨夜、ライアンが達したのは覚えている。優しく髪を撫でられ、何度もくちづけされたことも、記憶と共にしっかりと身体に感触が残っていた。

だが、考えればその後の記憶がすっぽりと抜けている。だいたい、屋敷に泊まるのは昨夜が初めてで、自分がどこで休んでいいのかもわからない状態だった。そんな自分が何も考えないで寝ていられるなんて、理由は一つしかない。

(あのまま……旦那さまのところで眠っちゃったなんて……っ)

屋敷の主人と同じベッドで眠るなんて大変な失態だが、それと同じくらいリンが混乱したのは自分の身体が綺麗になっていることだ。

眠りに落ちたことがわからなかったということは、当然裸のまま眠ってしまったということで、その間に身体が綺麗になっているのはライアンが後始末をしてくれたと考えるしかない。

身体を重ねた時に感じた羞恥以上に、意識のない状態で肌に触れられたことに眩暈がする。ましてや、今着せられているのはライアンの夜着の上だけで、その下は裸のままなのだ。

「どうしよう……どうしよう～」

上掛けを頭から被った状態で、リンは何度も繰り返す。だが、ここで迷っている場合ではなかった。

幸い、ライアンはベッドにいなかったが、いずれ朝の世話をする者が訪れる。その前に身づくろいをして何とか部屋から出ていかなければ。

そこまで考えたリンは思い切って上掛けから顔を覗かせた。寝室は静まり返って人の気配はなく、今のうちにと起き上がってベッドから足を下ろしてみる。

「……っつ」

自分では急いでいるつもりだが、どうしても下肢の痛みを庇って動きは緩慢なものになってしまう。それでもリンは昨夜自分が脱がされてしまった服を探して辺りに視線を彷徨《さまよ》わせた。

「な、ない」

だが、下着はおろか、制服も部屋の中には見当たらない。ライアンの服を着せられた状況で、ここから出られないままだったらどうしたらいいのか。焦ったリンはとにかく昨夜の名残が濃厚な寝室から逃げ出したくて、重い足を引きずるようにして扉を開こうとした。

「あっ」

しかし、リンが自ら開けるまでもなかった。

まるでリンが起きてきたのを察したかのように扉を開けて入ってきたライアンが、直ぐ目の前に立っているリンを見て僅かに目を見張った。しかし、驚きは一瞬で消えたらしく、優しく細めた眼差しを向けられ、肩を抱かれて額にくちづけが降ろされる。

「!」

まるで昨夜の続きのようなライアンの態度に焦るが、彼はそんなリンの動揺さえも楽しそうに見ている。

「おはよう、リン」

「お、おはよう、ございます」

恥ずかしくて真っ直ぐ顔が見られないリンとは違い、ライアンはいつもと変わらぬ調子だ。これが経験値の差というものかもしれないが、陽の光の中で改めてこんなことをされるとどう反応していいのかわからない。

「リン、君からは？」

「え……えぇ？」

ライアンはそれ以上何も言わず、リンの応えを待っている。その顔を見つめているうちに、リンは昨夜のライアンの言葉を思い出した。

『いくら芝居だと言えど、私は君を本気で妻として見るつもりだし、君にも私を夫として、そしてルイスを我が子として見てもらいたい』

ライアンはその言葉通り、リンを妻として扱っている。そして、その申し出を承諾したリンも、今日からライアンを夫として扱わねばならないのだ。

それがこんなにも恥ずかしいことだと、昨夜はまったく頭の中になかった。それでも、一度してしまった約束を即日反故にすることはできない。

「……」

リンは思い切って背伸びをする。だが、下肢の痛みのせいか足は震え、到底ライアンの顔には届かない。まさか椅子を持ってくるなんてできないと思っていると、ライアンが長身の身体を折ってくれた。

目の前に、整った顔が下りてきた。

（……絶対、面白がっている顔だ）

リンが動揺し、困惑して、恥ずかしがる様子をライアンはきっと楽しんでいる。悔しいという思いが頭を掠め、リンは口を引き結んだまま彼の頬に押し当てるようにくちづけた。

「昨夜、何を言ったか覚えている？」

ていない。


「え……？」

されたことは、肌が覚えている。実際、身体中にその痕跡も残っていた。

しかし、自分がどんな反応をしたのか、何を言ったのか、恥ずかしいが夢中でよく覚えていない。

当惑していると、ライアンは苦笑を零す。

「まあ、楽しみは先にとっておこう」

「だ、旦那さま？」

「朝から可愛い君を見ることができて幸せだな。腹は空いていないかい？　ここに運ばせようか？」

稚拙なリンのくちづけをさも凄いことだと匂わせながら、ライアンの言動は暴走していく。もちろんリンがその言葉を当然のように受け入れるわけがなかった。

「旦那さま、私はあくまでも使用人です。ここで食事をすることはできませんし、早く仕事をさせてください」

「……もう？」

「もうじゃありません。その、服だって……っ」

足の大部分を見せてしまう今の格好だって居たたまれないのだ。

すると、ライアンはにっこりと笑いながら片手を上げる。その腕には今気づいたが制服があった。

「それ……」

「気をつけていたつもりだったが、釦を一つ外してしまったみたいでね。新しいものを用意させた」

「それくらい、私も直せます」

「その姿を見るのも楽しそうだが、時間がないと思ったからな。それと」

制服を取ったその下には、真新しい下着まで用意されている。昨夜の自分が着ていたものはどうなったのか、それよりも一晩でどうやって新しい女性物の下着を用意したのか、言いたいことはたくさんあったが、それを口にすると聞きたくない現実が突きつけられてしまいそうだ。

「今度、時間がある時にゆっくりと二人で選ぶことにしよう。今日はこれで我慢してくれるかな？」

「あ……りがとう、ございます」

それしか言えなくて、リンは機械的に差し出されたそれを受け取った。

「着替えをしているところも眺めていたいが、それでは君も落ち着かないだろう。向こうで待っているから用意しなさい」

もう、ライアンに何を言ってもしかたがない。リンが今感じている戸惑いも羞恥も、ライアンにはきっとわからないと思う。それが男女の違いのせいか、それとも育ちの違いのせいかは判断がつかないが、どちらにせよ今は呑気にそんなことを考えている場合ではなかった。

（……とにかく、早く仕事に戻ろう）

もう一度自分自身に言い聞かせるように口の中で呟いたリンは、まだ痛みが残る身体をどうにか動かして服を整えた。

下着が身体にピッタリと合ったのには何ともいえない思いがしたものの、リンはどうにか体裁を繕って寝室から出る。

廊下を歩いて居間に向かうと、何やら書類を見ていたライアンが気配に気づいて顔を上げた。

「あの、ありがとうございました」

服を用意してもらった礼を言うと、ライアンは鷹揚に頷く。

「下着は身体に合った？　気に入ったかな？」

「……」

「合わないようなら直ぐに……」

「いいえっ。大丈夫ですから」

これ以上恥ずかしい思いはしたくなくて、リンはライアンが最後まで言う前に言葉を止めた。

「仕事に行きます」

「ああ、レジーヌが顔を出すようにと言っていたよ」

「はい」

時間がはっきりしないが、多分通常の勤務開始時間から大幅に遅れているはずだ。きっと叱られるのだろうと焦ったリンは、挨拶もそこそこにライアンの部屋を出た。


目の前に並べられた朝食を何とか食べ終えたリンは大きな溜め息をついた。

レジーヌが呼んでいると聞き、てっきり遅れたことを叱られるのかと思っていたのに、駆けつけたリンが促されたのは食堂で、そこには一人分の朝食が用意されていた。そうでなくてもライアンとの関係のことを非難されると覚悟していたリンは、その待遇に喜ぶどころか戸惑うことしかできない。

それでも、羞恥はあるものの、不思議と後悔はしなかった。昨夜、ライアンを受け入れた自分の気持ちから目を逸らしたくはない。

だが、ライアンと身体を重ねても、自分はアングラード邸の使用人の一人だ。それだけは忘れてはいけない。

わざわざ用意された朝食を手つかずにできるはずもなく、時間も気になって、リンは急いでそれを腹に詰めて最後の茶を口にすると、ようやく少しだけ落ち着いた気がした。

「……はぁ」

昨夜から今まで、なんだか一気に時間が流れているようで、自分がどうなっているのか冷静に見られない。

しかし、いつまでもこうしてはいられなかった。

早くレジーヌの元に行かなければと、リンは立ち上がった。多少でも時間が経ったせいか、少しだけ身体が楽になったようだ。

食器を運んで厨房に入ると、既に昼食の仕込みをしていた料理長に一言声を掛ける。

「ごちそうさまでした、美味しかったです」

「ああ」

「遅くなってすみません」

「いいから、仕事に行け」

「はい」

いつもと変わらずに対応をしてくれる料理長に頭を下げ、リンは急いでレジーヌの元に行った。食事が済んでからもう一度戻ってくるようにと言われたからだ。

多分、ライアンとのことを咎《とが》められるのだろう。

(……辞めるように言われたら……どうしよう)

ライアンは解雇はしないと言っていたが、もしも他の使用人たちの反感を買うようなことがあったら――。口から漏れる溜め息はますます重くなってしまったが、リンは逃げずにレジーヌの詰めている部屋に向かった。

「失礼します」

扉を叩いて部屋に入ると、レジーヌは顔を上げてこちらを見ていた。真っ直ぐな眼差しに視線を逸らしたくなったが、リンは両手を握りしめてその目を見返す。

「遅れて申し訳ありませんでした」

「いいえ、そのことはライアンさまからお聞きしていますから」

「……っ」

どんな説明をしたのか聞きたいが、やっぱり怖くて聞きたくない。複雑な思いに眉が下がると、レジーヌが改めて口を開いた。

「リン」

「はい」

名前を呼んだきり、レジーヌはしばらく黙ってリンの顔を見ていた。彼女の次の言葉を待つ間、リンは唇を引き締めて微動だにせず立っていた。

「……よろしい。身体は大丈夫ですね？」

「レジーヌさま」

それだけでも、リンはレジーヌがすべてを知っていることを確信した。恥ずかしくて全身が熱い。レジーヌの顔をまともに見られないままでいると、小さな笑い声が聞こえて慌てて顔を上げた。

「今朝のライアンさまの顔を思い出したの」

ふくよかな頬に優しい笑みを浮かべていたレジーヌは、戸惑うリンに向かって悪戯《いたずら》っぽく片目を閉じながら言った。

「一番欲しいものを手に入れた子供みたいな顔をされていたわ」

「レ、レジーヌさま」

「さあ、今から仕事をなさい。時間は待ってくれませんよ」

「……はいっ」

短い言葉にレジーヌの気遣いを感じ取り、リンは思わず震えそうになる声を抑えて頭を下げる。核心を衝《つ》いたことを言われたわけではないが、それでもライアンとの関係を諌《いさ》めようとは思われていないことがわかり心底安堵した。

それでも、何も聞こうとしない彼女の気持ちに感謝し、その期待に応えるため、リンは痛む身体をおして懸命に働いた。他の使用人たちは何も知らされていないようで、どうやらリンは所用で午前中休んだと思われているらしい。

レジーヌの心配りをありがたく受け入れ、リンが洗濯物を取り込んでいると、

「リンッ」

幼い声で名前を呼ばれた。

「ルイス」

ルイスは駆け寄ってきて、リンのスカートにしがみついてくる。可愛い仕草に思わず笑みが零れると、ルイスが必死に訴えてきた。

「リン、あさ、いなかった」

「……ごめんなさい、用事があって遅く来たの」

一瞬ライアンの顔が過り、リンは言葉に詰まる。それでも何とか平静を保ち、大きな籠《かご》に乾いた洗濯物を入れながら答えると、ルイスがじっとその動きを見ているのに気がついた。興味深そうなその眼差しに、リンは思わず聞いてみる。

「……お手伝い、してくれる？」

「おてつだい？」

「私のしていることを一緒にしてくれるかなってこと」

貴族の子息に手伝いをさせるなど普通ではありえないことだが、これはルイスにとってリンとの交流の手段の一つだ。

「うんっ」

案の定、可愛らしい顔で元気な返事をしてくれると、小さな手はリンから洗濯物を受け取り、籠に仕舞うまでを手伝ってくれる。

「いいにおい」

「そうね。エマたちが一生懸命綺麗に洗ってくれたからよ」

同じ使用人仲間の名を言うと、ルイスは一生懸命頷いていた。

人見知りがちなルイスは、自分の家の使用人たちともあまり言葉を交わさない。同じ年頃の友人もいないし、このまま母親の愛情がなく育ってしまうと、とても寂しい幼少時代を送ることになってしまう。

改めて、ライアンの言っていたことを思い出した。ルイスの母親代わりになってほしい——それは、案外ライアンの本心かもしれない。

「あのね」

「ん？」

大きなシーツの端と端を持って一緒に畳みながら、リンはルイスの話に耳を傾ける。

「とおさまがね、これからリンがおとまりするようになるっていってた」

「……え？」

「とおさまとはんぶんこ。ぼくともいっしょにねてね？」

「ル、ルイス、今の話、本当？」

「あさね、とおさまがいったの」

「……っ」

（あの人は〜っ）

言い方はどうであれ、特別待遇のようなことをされるのは嫌だ。しかし、それを今目の前で嬉しそうに笑っているルイスに言えるはずもない。きっと、ライアンはそんなリンの考えをすべて予想した上でルイスを唆《そそのか》したのだと思うと、やられたと呆れた。

だが、口では文句を言っても、それを自分が嫌がっていないことをライアンが知っているかと思うと恥ずかしい。

「リン？」

ルイスは返事をしないリンを、首を傾げて見上げてくる。何と言えばいいのか迷った挙句、リンは頭の中に浮かんだことを口にした。

「それは、ルイスが良い子でいたらね」

「ぼく、いいこにするっ」

「……うん」

多分、近いうちにまた屋敷に泊まることになりそうだ。しかし、そう簡単にライアンの思い通りにはなりたくない。

その時は他の使用人たちと同じように離れに泊まるか、譲歩してルイスの部屋に泊まることにする。

「……」

リンは屋敷を見上げた。離れた角部屋がライアンの書斎だ。一言釘を刺したいと思ったが、仕事をしているのなら邪魔はできないし、何より屋敷の主人である男にそんなことをすること自体、リンは自分自身で特別だと思い始めているかもしれないと考えを改めた。

(母親役や、ふ、夫婦役は、あくまでもルイスのためのお芝居だし)

芝居だと思わせないようにしなければならないが、その実は芝居であることに変わりない。

「あっ」

不意に、ルイスが声をあげた。

「どうしたの？」

リンが尋ねても、ルイスは両手で口を覆って話してくれない。しかし、その目が輝いているのが不思議で首を傾げると、

「ひゃあっ？」

いきなり背後から抱きすくめられ、頬にくちづけをされてしまった。

「だ、誰っ？」

「私以外に、君にこんなことをするのが許されている男はいないはずだが？」

「……旦那さま？」

驚きが去ると、確かに昨夜散々馴染まされた腕だということに気づく。まさかと思って振り向いた先には、にこやかに笑うライアンがいた。

しかし、昨夜リンはライアンの本当に嬉しそうな笑みを見ている。だからこれが、人前で浮かべる見せかけのそれだというのが今ようやくわかった。我が子の前までと思うものの、そこには多分ライアンなりの理由があるのだろう。それをリンが追及すべきではないので、とりあえずルイスの前で破廉恥な真似をしたことを責めた。

「お仕事はどうされたんですか。まさか抜け出して、こんな真似をなさってるんじゃないでしょうね」

「休憩中だよ」

ライアンは腕の囲いを解いた。

「ルイスの顔を見ようと思ったら、ちょうど君も一緒にいたからね。思わず手を伸ばしてしまった……というところかな」

まったく悪びれた様子もないライアンの態度にさらに文句を言おうとしたリンは、唐突にいつもの自分に戻っていることに気づいた。

朝起きた時はライアンの顔を真っ直ぐに見られないほどの羞恥を感じていて、強引にそれをおし隠さなければならないと緊張していたが、今の自分は自然に彼と向き合うことができている。

もしかしたら、わざとこんなことをしたのかとさえ思ったが、それをライアンに確かめる勇気はなかった。

目の前にいるライアンはルイスを抱き上げて、その目元に唇を寄せている。

「内緒にできて偉かったな」

「しー、だもん」

ライアンの姿に気づいたルイスを黙らせたらしいとその会話でわかって呆れたものの、楽しそうな親子を見ていると文句も言えない。

元々こんなふうに触れ合うことが好きな人だったのかと思いながら見ていると、こちらを向いたライアンに笑われてしまった。

「リンもしてほしいのかい？」

「いいえっ」

反射的に否定すれば、ますます楽しげにライアンは笑う。

「それは、二人きりの時にとっておこうか？」

「な……っ」

リンは瞬時に頬が熱くなった。

「へ、変なこと言わないでくださいっ」

「へんなこと？」

「……もう、ルイスも気にするじゃないですか」

「ルイス、リンは恥ずかしがり屋だからね。親愛の印はみんなには秘密にしよう」

「うん」

わかったのかどうか、ルイスはリンを振り返って手を伸ばしてくる。ここで拒絶するのも変で、リンはちらっとライアンを見てから小さな手に身を委ねた。

「リン、だいすき」

小さな手はリンの頬を摑んで、額に唇を押し当ててきた。照れくさいが、ルイスの親愛の表現は嬉しい。

「リンもっ」

ねだられた時も、ごく自然にルイスの頬にくちづけを返せたが、続いて言われた言葉に一瞬動きが止まってしまった。

「とおさまにもっ」

「ル、ルイス？」

「ねっ？」

「……」

この場合、どうすればいいのだろう。助けを求めてライアンを仰いでも、面白そうに見ている彼は何もしてくれない。

（……母親みたいに……夫婦……みたいに……）

これが、ライアンが言っていた状況かと思うと、改めて即答してしまったことを少し後悔するが、全部自分の責任だ。

それでも周りを確かめ、ルイスしかいないことを確認してからライアンの横に立った。やはりこのままでは背が高いライアンの顔に唇は届かないが、ルイスがいる前でそのために屈んでほしいとは言いにくい。

しかたなくライアンの袖を軽く引っ張ると、直ぐに察してくれた彼はルイスを抱いたまま腰を屈めてくれた。

軽く触れるだけで良いだろうとそのまま顔を近づけたリンの目標は頬だったが、触れる直前に顔の向きを変えたライアンの唇の端に当たってしまう。

「！」

「これで、今からも仕事が頑張れるな」

「とおさま、がんばってね」

「ああ、夕食の時にまた……リンも」

不穏な一言を残し、ライアンはルイスを下ろして、それ以上リンをからかうことなく立ち去った。

「リンもいっしょにたべる？」

「……そう、みたいね」

きっと、回避しようとしてもライアンが上手く立ち回りそうだ。下手に逃げ回るとさらにからかわれそうで、リンは今後のことを考えると頭が痛くなってしまった。

「リン、終わった？」

そこへ、エマがやってきた。どうやら、いつまで経っても洗濯物を持ってこないリンを捜しに来たらしい。エマはリンの側にいたルイスの姿を見て事情を察したらしく、笑いながら声を掛けてきた。

「持って行ってもいい？」

「あ、私がするから」

いくらルイスの相手をするのが最優先の仕事だということを知られているにせよ、それとこれとは別だ。割り当てられた仕事はきちんとこなしたいリンは、見上げてくるルイスに視線を合わせて屈みこんだ。

「今からお仕事があるの。また後でね、ルイス」

「……ぼくも」

「え？」

「ぼくも、おてつだいするっ」

「でも……」

リンと一緒に籠に洗濯物を入れる手伝いをしたのが楽しかったのか、珍しくルイスが強く主張してくる。どうしようとエマを振り返ると、彼女は頷きながら言った。

「いいんじゃない。ルイスさまにできる仕事はたくさんあるわ」

「ほんとう？」

自分にもできると聞いたルイスの顔はいっそう輝く。

一人遊びをするよりも大勢の使用人たちと触れ合う方がいいかもしれないと、リンは籠を持ち上げながら考えた。それにしても、エマが来たのがライアンの立ち去った後で本当に良かった。

（あんなくちづけを見られたら大変だもの）


身体を重ねてから、ライアンは明らかに変わった。

リンに対する態度がより親密になったし、事あるごとに身体に触れてきたり、人の目がないところでくちづけもされた。

　ルイスが見ないところで夫婦のような行動をとること自体おかしいのだが、リンはそれをライアンに言うことができなかった。それを言うことによって今の自分たちの関係が崩れることが怖かったからだ。何より自分の気持ちが大きくある方向へ流れてしまうのを恐れた。

　だからこそ、できるかぎりいつもと変わらない自分でいようと思い、前以上に仕事を引き受けて忙しくする。だが、そんなリンにルイスがまとわりつき、そこにライアンも加わってと、自分でもどうしたらいいのかわからない状況に頭の中は静かに混乱していた。

　混乱しているのはルイスとライアンのことだけではなかった。メイド頭のレジーヌとウォルターの態度もリンには読めない。

　ライアンに抱かれた翌朝、レジーヌに呼ばれた時はその夜にあった出来事を知られているのではないかと思った。しかし、その後そのことについて咎められることはなかったし、もちろん叱咤されることもなかった。今までと同じよう、厳しく指導してくれるし、仕事だって次々と任せてくれる。

　使用人と屋敷の主人が親密な関係になるなんて、その屋敷を取り仕切っている者にしたら大変迷惑な話だろうに……見ぬふり、知らぬふりをしてくれているかもしれないレジーヌには感謝するしかない。

　それとは反対に、ウォルターは頻繁に融通を利かせてくれようとする。少し手が空いたかと思うと、ライアンやルイスの元に行くよう誘ってくれるし、まるで本当の家族を見ているかのような温かい眼差しはとてもくすぐったかった。

だが、それを当たり前だと思わないようにしなければとリンは自戒する。これはあくまでも《家族ごっこ》で、自分が二人と同じ位置にいるわけではないのだ。

それなのに――――。

「……」

「どうした？　リン」

「……」

先ほどから何度もライアンが声を掛けてくるが、リンは前方を向いて口を引き結んだまま答えない。

「ドレスが気に入らないのなら、新しいものを買いに行こうか？」

「ち、違いますっ」

とんでもないことを言われて慌てて振り向くと、そこには悪戯っぽく笑っているライアンがいる。わざとそんな言い方をされたのかと今さらながら気づいても遅く、リンはしかたなく自身を見下ろしながら小さな声で言った。

「……あの、本当に、私も行かなければいけないんですか？」

「それは説明しただろう？」

確かに、聞いた。

今夜、ライアンは友人の婚約披露宴に行くことになっていた。それは前々から決まっていたことで、リンもその外出の手伝いをしようとしたのだが、いきなりレジーヌに呼ばれ、向かった部屋で美しく華やかなドレスを手渡されてしまった。

これは何だと疑問に思う前に、レジーヌの口から今夜ライアンに同行するようにと告げられた。驚いたリンはもちろん即座に断った。屋敷の中ならばともかく、公の場所でライアンの側に立つなんて、とても恐れ多くてできるはずがない。

しかし、リンが同行しないのならばライアンも出掛けないと言い始めた。当初は一人で出席するはずだったのに、今さらそんなことでとリンは慌てた。緊急事態ならばともかく、自分なんかのことで大切な友人関係にヒビが入るなんてして欲しくない。

婚約披露宴といのは貴族間でも立派な交流の場所であるし、そこに高位のアングラード卿が出席しないかどうかで、相手方の体面だって汚してしまう可能性があるのではないか。

リンがそう伝えて説得しようとしたが、反対に友人は貴族ではなく商家の息子で、格式ばった席ではないとライアンに説明された。その上で、へたに別の女を同行すれば余計な噂が広がってしまい、それがルイスの耳にでも入ってしまったら大変だと、大げさに嘆かれもした。

まともにとってはいけないと思うのに、リンは結局頷くことしかできなかった。そして――レジーヌたちに散々着飾られ、今までしたこともない華やかな姿に気後れして、今こうして小さな抵抗をするしかない。

（私には本当に宝の持ち腐れだもの）

用意されたドレスは身体にピッタリで、見るからに上等の布で作られているのがわかる。装飾品も幾らするのか考えるだけでも眩暈がして、落とさぬよう、傷つけぬよう緊張し続けていた。

慣れない高い踵の靴で歩くと時折不安定になってしまい、ライアンに腰を抱く口実を作ってしまっている。もう本当に、披露宴に行く前に疲れ切ってしまった。

「大丈夫、心安い者ばかりだから」

上機嫌なライアンは、馬車を降りてからずっとリンの身体から手を離さない。その温かさに羞恥を覚えながら、リンは屋敷を出る時に約束したことをもう一度確認した。

「お祝いを言って、直ぐに帰るんですよね？　あまり遅くなると……」

「今日は屋敷に泊まると、君の家には連絡をしておいた」

「えぇっ？」

（き、聞いてない！）

「安心するといい、夕食は私の屋敷から持って行かせている」

咄嗟に断る口実に家族のことを言おうとしたのがわかったのか、ライアンが直ぐに言葉を続けてしまった。そうなると、リンはそれ以上言うことができない。

漏れそうになる溜め息をかみ殺したリンは、じっと横顔に注がれる視線にますます俯いた。こんな派手な格好をしている自分がライアンの目にどう映っているのか、今さらながら不安になったのだ。

　そんなリンに、ライアンが臆面もなく言った。

「綺麗だ」

「……え？」

「明るい赤毛を綺麗に結い上げただけでも印象は随分違うね。綺麗な首筋から胸元を見せるドレスもとても似合っている。肌が白いし、鮮やかな紫の色のドレスが映えている」

「い、いいですからっ」

　そんな歯の浮くような賛辞は、世辞とわかっていても恥ずかしくてたまらない。多分、真っ赤になっているだろう顔を隠しながら慌てて顔を逸らすリンに、ライアンは声を上げて楽しそうに笑った。

　もう、一刻も早く帰るようにしてもらわなければ。

　そう心の中で決めたころ、ようやく目的の屋敷に着いた。

　既に中からは賑やかな歓声が聞こえてきている。もうとうに始まって、酔っている者もいるのかもしれない。

「さあ」

「は、はい」

　門の前には男が立っていて、ライアンの姿を見ると深々と頭を下げながら通してくれる。

　そのまま少し歩くと、大きな屋敷の前に黒服の初老の男と何人かの使用人が立って出迎え

てくれた。

「ようこそいらっしゃいました、アングラードさま」

「おめでとう」

男の後についていきながら、ライアンは彼がこの屋敷の執事だと教えてくれる。どこかウォルターに似た物腰に、リンは感心しながら頷いた。

その執事の案内で奥に向かうと、大広間ではリンが見たこともない騒ぎが待っていた。

「よお、ライアン！」

「やっと来たのね、ライアン！」

ライアンの登場に、歓声がわき上がる。

老若男女問わず、華やかに着飾った者たちが我先にとライアンに近づいてきた。女たちは隣にいるリンに一瞥を向けるものの、まったく意に介さない様子だ。

社交の場で、男が女に付き添っているのはそれなりの関係だと思う者が大半のはずなのに、ここにいる者たちには意味をなしていない。なんだか食べられてしまいそうな迫力に萎縮して足が止まってしまったリンを、ライアンがさらに抱き込むようにしてくれた。

ここで頼れるのはライアンしかおらず、リンも無意識のうちに身体を寄せてしまう。

「気にすることはない。単なる顔見知りだ」

「……ご友人、ですか？」

「名前も知らない者が大半だがな」

苦々しげな響きに、リンはジュリの言葉を思い出した。

少し前まで、それなりに遊び人という浮名を流していたらしいライアン。そんな彼の夜に限った友人たちも、ここには大勢いるのかもしれない。

結婚し、ルイスが生まれてからはその頻度は下がったかもしれないが、ライアンの妻が王に召されたのは有名な話だし、この機会にと寄ってくる女たちがいてもおかしくはないと思えた。

しかし、ライアンにはルイスがいるのだ。おかしな関係を持たれるのは困ると自身に言い訳しながら、リンはさらに強くその腕にしがみ付く。リンなりの牽制のつもりだった。

「よく来てくれたな、ライアン」

部屋の奥まで行くと、椅子に座っていた男が立ち上がるのが見えた。

「リン、彼は今夜の主役で友人のケニーだ。私より二歳ほど年上だよ」

「ジェシカ」

そんな彼が振り返って呼んだ相手は、周りにいる女たちとは正反対の大人しそうな少女で、リンたちの前へ歩み寄ると深々と頭を下げてくる。

「は、はじめまして、ジェシカです」

「よろしく、ライアンだ」

ライアンの言葉に合わせ、リンも頭を下げて祝いの言葉を告げた。

「リンと申します。ご結婚おめでとうございます」

「ライアン、彼女は？」

じっとリンを見ながら薄く笑うケニーに、ライアンも口元だけ笑みを浮かべる。

「私の大切な人だよ」

「だん……ラ、ライアンッ」

咄嗟に《旦那さま》と言いそうになった。直ぐに誤魔化したリンは、ライアンの腕を強く引いて止める。

「わかった、わかった。というわけだからケニー、私たちの関係は秘密だ」

「！」

リンが言いたいことはわかっているくせにからかわれ、瞬時に頬が熱くなった。

「はは、まあ、まだお前が手に入れていないということだろう。今夜上手くいくように祈っていてやるよ」

「私は紳士だからね。彼女の意に反するようなことはしないよ」

リンが固まっている間に笑いながら二人は話していたが、ライアンは居たたまれずに俯くリンに気づいたらしく側の空いている椅子へと誘導して並んで腰を掛けた。

ここまでででもうリンは帰りたくてたまらなくなっていたが、ライアンにそんな素振りは見えない。

「何か食べる？」

「あ、あのっ」

「ん？」

「帰らないんですか？」

するど、ライアンは申し訳ないと片手を上げて謝罪しながらも懇願してきた。

「せっかく久しぶりに友人たちに会えたんだよ。もう少しいいかな？」

下手《したて》に出られると断れないリンの性格を知っているのかどうか。ライアンにそうまで言われて、それでも帰りたいとはいえない。場違いだと思いながら、それでもリンは賑やかな空間に身を置くことになってしまった。

（……旦那さま、こういう世界にいたんだ……）

働いても働いても、なかなか安定した暮らしができない平民とはまったく違う世界に身を置く人なのだと、屋敷を出て改めて感じる。身体を合わせ、心を添わせて少しは近づいているかもしれないと思っていたのが自分の奢りだということを、リンは今さらながら思い知ってしまった。

そのくせ、頻繁にライアンに話しかける女たちを見るとなんだか気持ちが落ち着かないのだ。

「ライアン」

その時、一人の男が近づいてきた。

「はじめまして、お嬢さん」

陽気で社交的な、いかにも貴族の子息といった男は、そのままライアンではなくリンの手を取る。

（え……）

抵抗する間もない素早さに唖然としていると、横から伸びてきた手が男の手首を摑んでリンから引き離してくれた。

「安易に触れないでもらおうか、フランク」

「怒ることか？」

フランクと呼ばれた男は大げさに肩を竦めるが、ライアンは見据えた眼差しを変えない。怒っているのだと、リンにも直ぐにわかった。

「あ、あのっ」

やがて、ライアンは男から手を離し、そのままリンの腕を摑んで自身の胸の中に抱きよせる。目の端に僅かに目を見開いたフランクが見えた。

「大丈夫かい？」

「…すみません」

気づかうように声を掛けられ、リンはうろたえながらも何とか答える。しかし、やはり目の前の男のことが気になってしかたがない。

「気にしないで良い。彼はいつもこんな調子だ」

「おい」

邪険にされた男が苦笑交じりに口を挟んできたが、そこには先ほどの剣呑な雰囲気は一蹴されていた。

男が冗談で流してくれそうなのに安堵したが、ライアンの方がそれっきりに終わらせなかった。

「彼女はお前のような性質の人間に慣れていないんだ」

「これから慣れたらいいだろう？」

「その必要はないね」

ライアンはそう言うと、面白そうにこちらを眺めていたケニーに言う。

「今日は祝いの言葉を伝えに来ただけだし、そろそろ失礼するよ」

「もう帰るのか？」

「怯えている恋人を慰めなければならないんでね」

これ見よがしに身を屈めてリンの頬にくちづけしてきたが、この場で嫌がることはとてもできない。ケニーの方は楽しげに笑っていたが、フランクは呆気にとられたような顔をしている。

彼らに言い訳の一つもせずにリンを連れてその場を立ち去ろうとするライアンに、周りからは引きりなしに声が掛かる。それらにすべて仮面のような笑みで対応したライアンは外に待たせていた馬車の座席に腰を下ろした途端、ようやくリンの顔を覗き込みながらいつもの穏やかな口調で言った。

「疲れた？」

「だ、大丈夫です。それよりもあの、せっかく……」

「構わないよ。彼らとはそういう関係だ」

「……旦那さまは、ご友人が多いんですね」

さすがにどんなと追求することもできず、リンはそれきり口を閉ざす。

「……リン」

「はい」

窓から景色を見ていたライアンが振り返る。

「帰ったら、酒の用意を頼めるかな？」

「はい」

「それと、くちづけも頼むよ」

「なっ、何を言っているんですか！」

反射的に言い返してリンが横を向くと、ようやくライアンが声を出して笑う。

彼のいつもの笑い声にどうしようもなく安堵していたリンは、ライアンが自身の横顔を熱い眼差しで見ていたことにまったく気づかなかった。


馬車の中で少し思いつめた顔をしていたライアンが心配で、リンは結局屋敷に泊まることにした。ライアンの思い通りになってしまったが、それでも帰ろうと自分が思わないのだからしかたがない。

酒を飲みたいと言っていたライアンのために用意をしようとしたが、屋敷に着いた途端リンは彼の私室に連れ去られてしまった。

「だ、旦那さま？」

抱きすくめられ、首筋に顔を埋めたまま動かないライアンに、リンはどうしていいのかわからずに声を掛ける。

「ご気分、悪いんですか？」

「……いいや」

「だったら、着替えをお手伝いしますから」

「もう少し、君と二人だけで過ごしたい」

甘えられているのだろうか。そう言ったまま動かないライアンに、リンは躊躇いながらも背中に手を回して自分の方からも抱きしめる。

（……私でいいのかしら……）

今夜会ったライアンの友人たちは、リンとはまるで違う世界の住人だった。しかし、華やかな彼らとライアンは似合っていて、リンはその場にいる自分が場違いで恥ずかしかった。

ライアンに望まれてついていったが、それ自体間違いだったのではと自問自答し、途中からかわれた時は上手く対応できなかった。結局ライアンに助けてもらったが、もっと上手く立ち回れば良かったと後悔している。

その一方で、ライアンは思ったよりも長居をせず、リンと共に屋敷に戻ってくれた。彼がリンの気持ちを考え、優先してくれたことが素直に嬉しかった。

思わずその胸にすりっと頬を寄せると、拘束していたライアンの手から身体を離される。寂しいと思う間もなく唇を重ねられ、リンは素直に目を閉じた。

「ん……っ」

こんなふうに触れられるのは二度目だ。それなのに、もう自分の身体はライアンの手を覚えている。

口腔の中に差し込まれた舌に自分のそれを絡められ、軽く吸われる。それだけで下肢が痺れて、リンは足から力が抜けた。その場に崩れ落ちないよう腰を支えてくれたライアンにそのまま抱き上げられ、ベッドまで運ばれる。そこまで来ると、この先に何があるのか、リンにも覚悟ができた。

服を脱がされ、下着姿にされる羞恥はあるのに、もう一度触れられたことでこの関係が一度限りのものではなかったのだとわかったことに自然と安堵していた。

「リン」

真上から顔を覗きこんでくるライアンの目の中にある欲情の熱。それと同時に、とても優しく感じる眼差しに、深く想われているのだと誤解しそうだ。

「だ、旦那さま」

「色んな男が君を見ていた」

「え？」

「私が連れ出したのに、嫉妬で胸が焼けそうになった」

唐突な言葉に、リンは思わず聞き返す。

「……本当に？」

「あんな目で見られると、君が穢れる気がする」

生真面目に言われ、なんだか呆れてしまった。だが、そんなふうに独占欲を感じてくれていることを知ると、連れて行かれたことに苦情を言うことができなくなる。

「……本当に大切なものは、誰にも見せずに隠しておきたいものなんだな」

初めて知ったかのように言われ、リンが恥ずかしくなって目を逸らす前に頬に手を添えてきたライアンはそのまま再度くちづけをしてきた。

「……んっ」

角度を変えて唇をついばんできたそれは、やがて顎から首筋に移動する。濡れた感触に肌が粟立ち、無意識のうちに身体を捩ると肌を滑った手が乳房で止まった。揉みこむように摑まれると、

「あんっ」

信じられないほどの甘い声が唇から零れる。

（わ、私っ）

まだ二回目なのに、こんなにもライアンの手に慣れてしまってどうするのか。眩暈《めまい》がしそうなほどの羞恥に全身が熱くてたまらない。

聞こえていなかったらいいのにと思ったが、鎖骨に這わされていた唇から笑う吐息が漏れるのがわかった。

「あ、あのっ」

リンはライアンの肩を押すように手を伸ばす。だが、まるでその行動を悟っていたかのように腰に回った手はまったく緩むことなく、リンがまごついている間に手早く下着まで脱がされてしまった。

心許ない一糸まとわぬ姿になってしまうと、今度は縋る対象を求めて押していたはずの肩をしっかりと摑んだ。

「だ、旦那さまっ」

「ん？」

「こ、これ」

素肌に触れるものはライアンの服だ。もっと熱を感じたくてそれを引っ張ると、宥めるようなくちづけが頬におりた後、身を起こしたライアンが自身の服を脱ぎ捨てた。

前にも思ったが、ライアンは着痩せする質なのか現れた身体は眩しいほどに逞しい。その身体で抱きしめられるから感じるのかもしれないなどと考え、そんなことを考える自分に焦ってうろたえた。

大きな手で改めて身体の線を撫でられると、どうしようもなく震えてしまう。どう反応していいのかわからず、リンは思わず真上のライアンを見つめた。

「……そんな目で見られたら逆効果だ」

「……え？」

「もっと、泣かせたくなってしまう」

「旦那さ……あっ」

乳首を口に含まれ、舌で転がされるように弄られている間にもう一方の手が腿の間に伸びてくる。くちっという音が妙に耳に響いた気がした。

「ちゃんと濡れているね」

「う、そっ」

「君が、私を受け入れてくれている証だ」

違うとは、言い返せなかった。身体が受け入れているという以上に、自分の心が既にライアンに添おうとしているのがわかっているからだ。

一度目は、ルイスのことと共に、ライアンの寂しさに共鳴して受け入れたところもあったかもしれない。もちろん、本当に嫌だったら拒絶した。しかし、今日はリン自身進んでライアンを受け入れようとしている。身体も、心も、ライアンを抱きしめ、自分も抱きしめられたいと望んでいた。

素肌になれば、身分差など感じない。リンは甘えるように胸に顔を伏せているライアンの頭を抱き込んだ。

「あ……んんっ」

秘裂を弄る指が滑るように中へ入り、リンの感じる場所を探るかのように内襞をかき回す。太い指が襞を擦る度に下肢からは力が抜け、こみ上げてくる嬌声を抑えるために必死に唇を噛みしめた。だが、それも絶え間なく与えられる愛撫に蕩《とろ》かされていく。

「あ……やぁっ」

「リン」

ライアンはリンの手を取った。

「あれを」

「あ……れ？」

促された先には、香油の瓶がある。あの中の粘ついた液がなければ、初めての時のような痛みを伴ってライアンを受け入れることになるのだ。今さら恥ずかしいとは言えないが、それでもリンは全身を赤く染めながら、震える手でそれを取る。そのままライアンに渡すと、彼は片手で器用に蓋を開け、たっぷりと自身の陰茎の上へと垂らし始めた。

(な……ん、か……)

明かりの下、淫猥な色のそれが垂らされた液のせいで濡れ光っているのが、たまらなくいやらしい。それを見ている自分の眼差しも、もしかしたら物欲しげなものになっているのかと思うと居たたまれなかった。

その間にも、ライアンは濡れた自身のものを数度擦り、既に支えも要らないほどに勃ち上がらせると悪戯っぽい笑みをリンに向けてくる。

「私の上に乗れるかい？」

「……え？」

「そうすれば、君の良いように動ける」

「そ、そんなことできませんっ」

そうでなくても、身体を重ねることに慣れていないのだ。自ら相手の腰を跨ぎ、陰茎を身体の中に迎え入れるなんて高等な技術などあるはずがない。

それなのに、ライアンは良いことを思いついたかのように体勢を変え、自身の身体の上にリンを持ち上げてしまった。

「だ、旦那さまっ」

「大丈夫。君の呼吸に合わせて」

「でもっ」

「早く、君の中に迎え入れてくれないか？」

甘えるように重ねて言われると、どうしても嫌だと言えなくなる。既にライアンの手管に乗ってしまっているのだと頭のどこかではわかっているのに、リンはまるで操り人形のように身体が動いた。

（こんな姿……っ）

恥ずかしくて、自分でも見たくない。だが、ライアンは宥めるように言うのだ。

「私しか見ていないよ」

「……っ」

「こんなに淫らで綺麗な君を、私以外に見せるはずがない」

独占欲を感じさせる言葉に嬉しくなってしまう自分は、きっと感覚が麻痺している。リンは、ライアンの陰茎を摑んだ。

（熱い……）

思った以上に熱を持ち、硬いそれは、手の中でヒクヒクと蠢《うごめ》いている。逞しくて、男の欲を具現化したそれに触れていると、自分の中の熱も高まってきた。

「ゆっくり腰をおろして。……そう、慌てなくて良い」

ライアンの言葉に誘導されながらリンはそれを受け入れようとするが、どこに入れていいのかまったくわからない。

戸惑う表情を読み取ったのか、ライアンがリンの腰を持って慎重に引き下ろしてくれる。

「そのまま」

「……！」

クチュリと粘膜をかき分ける音がして、中が徐々に押し開かれた。

（い……たっ）

挿入する時の衝撃にはまだ慣れなくて、初めはかなり激しい圧迫感があり、続いて引き攣る痛みが襲ってきた。咄嗟に腰を下ろすのを止めると、ライアンは腰から尻を撫でてくれる。

「リン」

「……ごめんなさい」

多分、今までライアンの相手をしてきた女の人たちは、上手に彼を受け入れ、楽しませてきたに違いない。同じ女なのに、そんなこともできない自分が情けなくて恥ずかしくて、リンの目には涙が浮かんでしまった。

こんなことで泣くのも子供っぽくて、リンは慌てて顔を背けようとしたが、ライアンの手は頬に押し当てられ、愛撫するようにするりと撫でてきた。

「これは、私だけが楽しむ行為じゃない」

「……」

「二人で、ゆっくり慣れていこう」

「旦那さま……」

「正直に言うと、私も直ぐにイきそうなのを何とか耐えているんだ。情けないだろう?」

リンの気持ちを和らげるためにそんなことを言うライアンに思わず笑うと、そのせいで身体の強張りが少し解けたのか引っ掛かっていた先端がずっと中にめり込んだ。苦しかったが、リンは浅く息を吐きながら腰を下ろすのを再開する。

「あ……あっ」

（私の、中にっ）

ライアンの脈動が直に伝わり、深いところで結ばれていくのがわかる。

身体を合わせるごとにライアンの心に近づくようで、リンは涙でかすむ目を閉じてその感覚を身体に、心に刻んだ。

第五章

「見つけた！」

「え？」

突然の叫び声に、リンは驚いて動きを止める。

「あれ？　その服……君、使用人だったのか」

「あの」

「やあ、俺を覚えている？」

「……あ」

玄関先で出迎えた客人が、先日の婚約披露宴で会った男だとその言葉で初めて気づき、リンは不躾にもその顔をまじまじと見てしまった。あの時は夜だったことに加えて、かなり派手な服装だったし、早く帰りたくてあまり相手の顔も見ていなかったので、直ぐには顔を思い出せなかったのだ。

（凄い、どこでわかったんだろう？）

リン自身今は使用人の服を着ていて、あの夜のドレス姿とはまったく違う。それなのによくわかったなと感心したが、もしかしたらこの辺りでは珍しい赤毛のせいかもしれないと納得した。

今日の男は上品で落ち着いた装いで、見るからに紳士然としている。そんな彼が大げさに手を広げ、今にもリンを抱きしめようと近づいてくる姿に咄嗟に対応できなかった。

「フランク」

しかし、そんなリンの身体を素早く自身の背後に隠してくれたライアンが、大きな溜め息をついて男と対峙する。助かったと安堵したが、男——フランクはリンへの興味を失わないようで、彼越しに果敢にも話しかけてきた。

「君、名前は?」

「……」

「俺は……」

「フランク」

「あの、旦那さま」

自分はここにいない方がいいのではと尋ねようとしたが、フランクはその言葉にも素早く反応する。

「旦那さま!　いいな、それ。俺もそう呼んでくれない?」

まったく悪びれもせず言うフランクに、リンは怒るよりも呆れてしまった。ライアンは歓迎していないとあからさまに態度に出しているのに、少しも気にしていない様子に何も言えない。

リンは今のライアンしか知らないが、この二人が友人だということがどうにも信じられなくて、思わず目の前の背中に向かって呟いてしまった。

「どこで気があったのかしら」

「昔は、こんなところが居心地よいと思ったんだけどね」

まさか応《いら》えが返ってくるとは思わなかったが、ライアンはリンの方を振り向かないまま続ける。

「こんなにずうずうしいとは呆れたな」

この言葉は、どうやらフランクに向かって言ったようだ。

だが、当然のようにフランクはその言葉を聞き流した。

「お前が連れてきた美少女の正体を知りたくて聞きまくったけど、誰も知らなかったんで直接来たんだ。まさか使用人だとは思わなかったが……君、ライアンに無理矢理命令されているんだったら、いつでも俺が助けるよ」

「……いいえ、そんなことはありませんから」

何をどう誤解したのか、そんな見当違いのことを言いだした男にリンはきっぱりと言いきった。

確かに身体を重ねたが、それだって結局はリン自身が受け入れると決めたのであって、けして無理矢理というわけではない。ライアンが権力をもってしてリンに言うことを聞かせようとしたと考えているとしたら大間違いだ。

　リンの言葉に、ライアンが振り向いた。目が合うと嬉しそうに目を細められ、リンは自分の方が恥ずかしくなって焦る。そんなリンの身体を抱き込む体勢になりながら、ライアンはフランクに言った。

「そういうことだ。用が済んだら帰ってくれないかな」

「ライアン」

「……」

「……悪かった。言葉が過ぎたな」

　意外にも、フランクはそう言って頭を下げる。矜持が高そうに見えたが、こうして非を認められるというのは柔軟な思考の持ち主なのかもしれない。

　もしかしたら、良い人なのだろうか。そんなことを思い始めたリンの耳元で甘い声が囁いた。

「これがこの男の手だ。騙されないように」

「え？」

「お〜い」

　肩を竦めるフランクに、ライアンの言葉が真実だとわかった。簡単に絆《ほだ》されそうになった自分に動揺するが、肩を支えてくれる手の力強さに何とか気持ちを立て直す。

「本当のことだろう？　彼女のことは関係なく、酒を飲みに来たのなら歓迎しよう。どうする？」

妥協案を出したライアンの言葉に直ぐに乗ったフランクは、そのまま夜遅くまで居座ったらしい。夕方仕事を終え、引き止められても帰ったリンは翌日その話を聞き、なんだか気になってライアンの元に向かった。

あの時はライアンが誤魔化してくれたが、もしかしたら自分のことで彼の立場が悪くなるのではないか。いくらその場しのぎとはいえ、やはり使用人を公の場に連れて行くことは重大な礼儀違反ではないか。

色々と考えると煮つまってしまい、ライアンの前に立った時には眉間に皺ができていたらしい。ライアンは会うなり額に軽くくちづけをしてきて、リンが言葉に詰まっている間に抱きしめると髪を撫でてくれた。

「気にすることないよ」

そして、リンの心配を一蹴した。

「あの場の誰も君のことを知らないし、フランクはああ見えて口は堅い」

「旦那さま」

「それよりもリン、今日は昼から私に付き合ってくれないか？　ルイスの新しい玩具を探したいんだ」

「それなら、ルイスを誘った方が……」

「秘密にして、驚かせた方が楽しいだろう？」

最近ルイスはリンにくっついて部屋の外に出ることが多く、他の使用人たちとも笑って会話をするようになった。そのため、今まで遊んでいた絵本などとは別に、屋外用の玩具が必要になってきたというのだ。

日中、ライアンがルイスの元に来るのはそれほど頻繁ではないのに、ちゃんと見ているのだなと感心した。

「わかりました」

多分、馬車で町中まで行って、用件が済めば直ぐに帰るはずだと考えていたリンは、自分のそれが思い込みであったことを思い知らされた。

声を掛けられた時はただの買い物の付き添いだと思っていたリンは、当然使用人の制服のままでいいと思っていた。しかし、ライアンはいつの間にかリンの身体にピッタリなドレスを用意してきて、それを着て歩いて町に行こうと言いだしたのだ。

「ほら、言い合っている時間がもったいないよ？」

綺麗なドレスを着るのが嫌なわけではない。だが、あくまでも自分は使用人で、こんな特別な待遇を望んではいなかった。

他の使用人たちからの反発を考えないのだろうかと頭が痛くなったリンの思いとは裏腹に、ライアンはレジーヌに命じて問答無用でリンを着飾っていったのだ。

「レ、レジーヌさまっ」

「これも旦那さまがお望みのことですよ」

ライアンを止めてもらおうとしたレジーヌの言葉に抵抗することもできなくなって、結局リンはまるで本当のライアンの奥方か恋人のように寄り添って歩く羽目になってしまった。

リンはちらっと隣のライアンを見上げる。

すると、ちょうどこちらを見下ろしていたライアンが腕を軽く曲げる仕草をしてきた。

(……これって……)

「あの……」

「はぐれないようにするだけだよ。ここは人が多いだろう?」

確かに人出は少なくないが、それでも隣を歩く者の姿を見失うほどではない。

一言そう言えば済むのだが、リンは期待に満ちたライアンの目に言葉を呑み込んでしまい、躊躇いながらもその腕に手を置いた。

「こうしていると、本当の夫婦のように見えるかな?」

「わ、わかりません」

自分の頭を過った言葉を改めて言葉にされるとかなり恥ずかしい。しかし、今さら腕から手を離すのもなんだかおかしい。

一緒に外出しているのがルイスのためだと思うのに、リンはいつしか自分もこの時間を楽しく感じ始めていた。

しかし。

「お、旦那、可愛い奥さんだね。髪飾りはどうだい？」

「いいね、見せてもらえるかな」

「だ、旦那さまっ」

突然声を掛けられ、一瞬にして思考は現実に戻った。

(私ったら、自分が楽しんでどうするのっ)

当初の目的とはまったく違う方向へと進みそうで、リンは慌ててライアンの腕を引くが、その仕草がまた店主には甘えに映ってしまったらしい。

「お～、《旦那さま》かあ、いいねぇ。うちのかみさんなんか、《おい》や《お前》だもんなあ。新婚さんだろ？」

「さあ、どうだろうね」

「……っ」

それが、今のリンの格好から推察していることがわかって、今さらながら言われるがままに着飾ってしまったことを後悔し始めた。最初こそ落ち着かずにいたはずなのに、いつしかライアンと一緒にいる時間を楽しんでしまい、現実を忘れてしまっていたのだ。

特別待遇は嫌だと言っておきながら、これでは本末転倒だった。暴走するライアンを、リンは止めなければならない立場だ。

「リン」

つられてしまった自分の浮かれ具合に溜め息をついていると、ライアンの楽しげな声がして顔を上げる。すると、いきなり髪留めを見せられた。

「これ、どう思う?」

「どうって……綺麗ですけど」

華美なものではないが、一目見てそれなりの価値があるものだというのはリンにもわかる。それもそのはずで、ライアンが足を止めたのは普通の屋台ではなく、町でも有名な宝飾店の出店だった。

嫌な予感はしたが素直に感想を述べると、ライアンは頷いて主人に購入する旨を告げている。

「あ、あの、旦那さま?」

「君の赤毛によく似合うよね」

そう言って、ライアンはリンの許可も得ず髪飾りをつけてしまった。

人前で即座に断ることはできず、買ったものを今さら返品してほしいなんて彼の名誉からしても言えない。後はもう、リンの給金から少しずつ返すしかないが、せめてもう少し安いものだったと恨めしく思う気持ちは上手く隠せなかった。

(どのくらい掛かるか想像できない……)

「うん、似合ってる」

ライアンは目を細め、そのままリンの肩を抱き寄せながら頬にくちづけてきた。まさかそんなことをされると思わなかったリンは、一瞬間をおいてから瞬時に顔が熱くなる。

リンの方は必死に平静を保とうとしているのに、ライアンは屋敷の中とまったく態度が変わらないのだ。これでは、いくら芝居の上だとリンが訴えたとしても、信じてくれる人はいないかもしれない。

「ベタ惚れだねぇ、旦那」

「可愛い奥さまだからね」

当たり前のように返したライアンは、リンを抱き寄せたまま歩き始めた。

「だ、旦那さまっ」

「ん？」

今の店主はたまたまライアンの顔を知らなかったが、本来アングラード卿はこの国でも有名人の一人だ。リンとのことを本当に誤解してしまう人が現れないとも限らず、そんな人たち一人一人にこれが芝居だと言い訳を言って回ることはとても無理だ。

屋敷の中だけならまだしも、外でまでこんなにベタベタしていてはライアンにとって不利益が多すぎる。リンは先ほどの店から離れたのを見計らい、上機嫌なライアンの横顔を見上げながら言った。

「旦那さま、もう帰りましょう」

「疲れた？　それならどこかで休もうか？」

見当違いの気遣いに、リンは違いますと早口で否定する。

「旦那さまは有名な方なんですよ？　そんな方が私なんかと噂されると困ります」

今はライアンが用意してくれた綺麗なドレスを着ているが、リン自身は普通の、いや、どちらかといえば貧乏な平民だ。そんな自分と噂になるのは申し訳ない。

だが、リンの不安をよそに、ライアンはさらに肩を抱く手に力を込めてくる。ますます密着してしまう身体に、リンは居たたまれなくなった。

「リン、私は君をとても素敵な女性だと思っている」

「え……？」

「《私なんか》と卑下するようなことは言わないでほしいな」

そう頼まれてしまえば、それでもと言うことはとてもできない。

「私と一緒にいるのは楽しくない？」

「……」

「リン」

「……楽しいから困るんです」

つい、本音が口から零れる。すると、ライアンは笑いながら言った。

「楽しいのなら良いじゃないか。これからもっと二人で、いや、ルイスも一緒に出掛けよう」

「……ルイスも？」

「ああ」

ルイスまで同行したらそれこそ家族だ。

「そうしよう、リン」

ライアンの頭の中では既に予定が組まれ、後はリンが頷けばすべてが決まってしまうような気がする。だが、困ると思う一方で、その提案がとても楽しそうだという思いもあった。

「……考えておきます」

それでも即答を避けて遠まわしに言うリンを、ライアンが優しげな眼差しで見てきた。

（……困る）

このままでは、使用人の分をどんどん超えていきそうな気がする。

自分の心を持て余すリンは、その時自分たちの姿を見ている者がいたことにまったく気がつかなかった。


「じゃあ、また明日」

「気をつけてね、リン」

夕方、仕事を終えたリンは屋敷の裏門から出た。

帰り間際まで夕食を共にと誘ってくれたルイスの顔と、泊まればいいのにと笑ったライアンの顔が頭の中に浮かび、自然と口元には笑みが浮かぶ。

ライアンと初めて身体を重ねてひと月ほど経ち、表面上は約束した通り仮の家族のように過ごしているが、徐々にではあるもののリンの中では明らかに気持ちは変化してきた。

主人と使用人だという認識はもちろん消えていないが、それでも三人で過ごす時間を楽しく思うようになってきている。いや、ライアンの側にいると困らせられることも多いのに、居心地がいいとも感じているのだ。

触れ合うことを好むライアンはルイスの前でも、彼がいない時でも、リンの身体を抱きしめたり、髪に触れたり、くちづけをしてきたりする。何度か身体も重ね、自分でも親密な関係を築いているように思っていた。

この先、ライアンがルイスの本当の新しい母親を――再婚相手を見つけることがあったとしたら、多分リンは素直に祝うことはできないと思う。そんな日が少しでも遠くなるように心のどこかで願っている自分が愚かでみっともないと自覚していても、初めて抱く感情に日々心を揺らしていた。

それでも、この屋敷で働けたことは嬉しいし、将来今の関係を清算したいと言われて辞めたとしても、絶対に良い思い出として心に残る。

一見して飄々としている、だが、内面はとても甘えたがりで寂しがりやのライアンが新しい伴侶を得るまで側にいようと、リンは最近達観した気持ちになっていた。

「あ、急がないとっ」

今日は夕方出入りの商人がやってきたので、いつもより帰宅が遅くなってしまった。夕食の買い物もしなければならないので急いで市場に向かっていると、一台の馬車がリンを追い抜いて行く。

立派な車体に、毛並みの良い馬。それに車体に刻印された紋章を見て、それが王家のものであることがわかった。

（……あの紋章……）

リンの頭の中には、王に召し上げられたというライアンの別れた妻、サンドラの顔が思い浮かぶ。一度だけ会ったとても綺麗な、しかし、どこか傲慢そうな彼女と二度と会うとは思わなかったが、急いでいた足を止めてしまった。

馬車も、まるでリンの考えを悟ったかのように少し先で停まる。

リンが気づいたように、周りの人々もその馬車に気がついて、いっせいに足を止めて次々と頭を下げ始めた。

この国、ガルディス国の王レナルドは、今までの王の中でもひと際人気がある。

それは、前王から引き継いだ国をさらに発展させ、国民のことも考えてくれる、《良い王》だからだ。レナルドが国王になってからは品物の流通も多くなって市場は活気に満ち、地方にも目を配って税の制度も改められた。

学問や医療にも造詣が深く、貧しくて亡くなる者の数も明らかに減って、実を言えばリンはライアンとサンドラとの関係を聞くまでは、会ったこともない王を尊敬していたのだ。

民は誰も、王族に対して深い親愛の情を抱いている。どうしてそんな人間が人妻に手を出すのか理解できない。

賢王も色事には目が眩むのかもしれない。それほど、実際に会ったサンドラが美しかったのは確かだ。

「……」

前回は突然のサンドラの登場にただ圧倒されただけだが、今はライアンとルイスにかなり肩入れをしているので、もしかしたら文句を言ってしまうかもしれない。もちろん、平民が王族に関係した相手にそんな無礼をすることは許されないが、それでも今の二人の状況を作ってしまった原因である彼女に対して平然とした対応はできそうにない。

しばらくして、俯いた視界に靴先が入った。

「顔を上げよ」

淡々とした言葉が一瞬誰に向けられたものかわからなかったが、再度促すように言われてリンはおずおずと顔を上げた。

目の前にいたのは御者の格好をした男で、彼はリンが顔を上げたのを見て馬車を振り返る。

「乗りなさい」

車体の前に立っていたもう一人の御者が扉に手を掛けていた。

「え……あ、あの」

「急ぐように」

有無を言わせない口調に、無意識に肩が揺れた。市場の近くのせいで人通りは多く、徐々にその人数は多くなっていくようだ。

周りの好奇の目と、目の前の男の威圧感に流されるように、リンは重い足取りで馬車の側まで歩み寄る。すると、立っていた男が扉を開いた。

「……」

問いかけるようにその顔を見たが、男は無言のままだ。しかたなく中に乗り込んだリンは、そこに一人の男が座っているのに気づいた。

（……誰？）

三十前後だろうか。

金髪に碧い目をした、男らしい容貌の主は、肘を窓枠に掛けたまま ちらりとリンを見る。鋭い眼光に身体が硬直している背後で扉は閉まった。

「座れ」

端的に、男は言った。

「お前が座らねば進まない」

「……っ」

リンは慌てて扉の一番近く、男から一番遠い場所に腰を掛けた。

それに合わせたかのように馬車は走り出した。だが、男は一向に口を開かず、黙ってリンを見ている。

居たたまれなくて視線を彷徨わせていると、男がようやく言葉を発した。

「アングラードの屋敷にどうやって入った？」

「え？」

「調べても、良家の出ではなかった。だとすれば、あいつの酔狂な好みで引き入れたというわけか」

男の口ぶりは、ライアンをよく知っているとでもいうふうだ。しかし、リンが働くようになってから一度も見たことがない顔だと思う。

（でも、どこかで……）

直接会ったことはないが、それでも見覚えがある顔だ。それに、王家の紋章が入った馬車に乗っているということは――。

そこまで考えた時、リンはようやく目の前の男と記憶の中の顔を合致させて目を見開く。

「……王、さま？」

見覚えがあったはずだ。国王、レナルドの絵姿や彼を称える絵本などは各家に必ず一つはあった。リンも、即位した時のレナルドの絵姿を見た時、とても凛々しい若い王だと思った記憶がある。

その王が、あの頃より少しだけ歳を取った姿で目の前にいた。リンは驚いて声も出せず、ただ茫然とその顔を見つめる。

「答えなさい」

「……あ、あの」

「……」

「あの、私は……」

ライアンの屋敷で働くようになった経緯は隠すようなものではなかったが、リンは王という天上の存在を前にして言葉が喉に貼り付いて出てこない。

そんなリンの様子を見ていたレナルドは、不意に視線を逸らして再び窓へと顔を向けた。いったい彼が何を言いたいのか、何をしたいのか、わからないリンはできるだけ身体を小さくして椅子に座っていることしかできない。

「……名は、リンと言ったな」

静かな声が耳に届いた。威圧に満ちたそれに、何とか頷く。

「は……い」

「近いうちに、お前の家とアングラード家に使いをやり、正式に城に召し上げることを伝える。お前自身もその心づもりでいるように」

「……ふぇ？」

一瞬、何を言われているのか意味がわからず、リンは思わず呆けた声を出してしまった。

すると、レナルドが目を細めてこちらを見る。

「平民の娘が妾妃となるんだ、光栄だろう」

「あ……」

「努力すれば、もしかしたら愛妾になる可能性もあるぞ」

「妾妃って、え……私が？」

「先ほどからお前に言っている」

「私が妾妃……私が城に？　……えぇっ？」

同じ言葉を何度も口の中で繰り返して、ようやくリンはレナルドの言葉の意味を理解した。いや、理解はしたものの、なぜそんなことを言われるのかまったくわからない。

レナルドが言っていたように、よほどの理由がない限り平民の娘が王の妾妃になることはないのだ。特別に容姿が良いとか、踊りや歌に秀でているとか。しかし、どう考えても自分がそんな人間ではないと自覚している。

第一、リンがレナルドと会ったのは今が初めてだ。会ったばかりの者を側に置くなんてどうしても考えられない。

「あのっ」

「支度金は必要なだけ言ってくれ。まあ、お前がどんなに着飾ろうとも、私の愛を得られるのは簡単だと思わないでほしい。だが、お前の一生と家族の生活は保障しよう」

「ま、待って、お待ちくださいっ。どうして突然そんなことを言われるのか私にはわからなくて……っ」

リンは必死に訴えるが、レナルドはそれ以上何も言わず、馬車はいつの間にかリンの家の近くまで来ていた。

「今度来る時は、お前に似合いのドレスと宝飾を用意しておこう」

「王さまっ」

「お前が頷けば、ルイスを城に引き取る話はなかったことにしても良い」

その言葉に、以前ウォルターから聞いた話が鮮やかに蘇った。あれっきり話にも出なかったので流れたのかと思っていたが、レナルドはライアンからルイスを奪うことを忘れてはいなかったのだ。

「降りろ」

外から扉が開き、先ほどの御者が姿を現す。無言の威圧にリンは口を噤むしかなく、下りると馬車は直ぐに出発してしまった。

「私が……お城に？」

それは、アングラード家に働きに行く以上に考えられない話で、今もリンは夢でも見た気分だ。

「……ルイスも？」

リンは首を振った。とにかく、今のことは明日屋敷に行ってからライアンに伝える。そして、ライアンの口から王の真意を聞いてもらうか、できるのなら断ってもらいたい。

王に召されるのはとても名誉なことだが、リンは自分がレナルドに抱かれることは考えられなかった。こんな事態になって思うのもおかしいかもしれないが、既にリンの心も身体も、ライアンの存在が大きく占めている。

今のリンにとっては、アングラード家が、いや、ライアンとルイスの側で働くのが一番楽しく、遣《や》り甲斐があり、そこから離れることなど絶対に嫌だ。

ライアンを一人になど、できるはずがなかった。


ルイスの就寝の挨拶を受けて子供部屋から出たライアンは、ちょうどこちらへ向かってきたウォルターの姿に足を止めた。普段、どんな予定外のことがあっても落ち着いて対処する鋼鉄の心臓を持つと思われた彼が、滅多に見せないような焦った表情をしている。

これは、相当驚くことがあったのだろうと、ライアンは目を眇《すが》めて彼の到着を待った。

「ライアンさま、ただいま応接室に王がいらっしゃっております」

「……王？」

その途端、ライアンの口元が僅かに引き攣ったが、焦るウォルターは気づかなかったらしく早口に続ける。

「直ぐにライアンさまをお呼びするようにと」

「わかった」

本来、来客が来た場合、必ずライアンの許可を得てから屋敷の中に通すのが決まりだ。

しかし、さすがにこの国の王を外で待たせるわけにはいかなかったのだろう、事後報告になってしまったことを責めるつもりはなかった。

だが、なぜレナルドがここまでやってきたのか。サンドラを奪うように連れて行ってからは、ライアンからはもう奪うものはないと思っているはずだ。

ルイスを引き取ると書状で伝えてきたことも、あれ以来何の反応もないので嫌がらせの一つだと考えていた。――――だが。

突然湧き上がった嫌な予感は、足を進めるごとに強くなってしまい、応接室の前に来た時にはそれが確信のようになっていた。

間違いない、レナルドはまた、ライアンから何かを奪いにきたのだ。

「……」

ライアンは睨むように扉を見たが、やがて扉を叩いて入室の許可を乞う。中から応えがあり、一つ息を吐いてから中に入った。

「こんな時間に珍しいですね」

応接室の椅子に座っていたレナルドはちらりとこちらに視線を向けてきたが、足を組んだ横柄な態度は崩さないままだ。それもこの屋敷に来た時はいつものことなので、ライアンも黙って向かいに腰掛けた。

「……ああ、飲み物がまだ出ていませんでしたね。失礼しました、何がよろしいですか？」

「いらん」

「毒など入れませんよ？」

「そんな度胸がないことはわかっている」

「……そうですね」

いつでも、ライアンはレナルドの言葉に従ってきた。自分とレナルドの複雑な関係からも、彼に対抗することなど考えたこともなかった。

「それで？」

以前なら、ライアンはただ黙ってレナルドの非難を受けていた。彼が話し始める時を待ち、話し足りて席を立つまで、自分は一言も口を挟まなかった。

しかし、今は違う。レナルドがサンドラを奪ってから、ライアンの中で少しだけだが彼に対しての認識が変わった。ただライアンに嫌がらせをしたいだけで人妻まで奪ってしまうそのやり方を、哀れとさえ思えるようになってきたのだ。

多分、そこまで気持ちが変わったのにはリンの影響も強い。リンを見ていると、過去のことに囚われている自分が少しも成長していないと思えた。

レナルドもライアンの雰囲気が変わったことに気づいたらしく、きつい眼差しを向けてくる。だが、それにも心は動かなかった。

対等ではないが、初めから負けるつもりはない。そんなことを考えていたライアンの耳に、低く抑えたような声が届いた。

「数日後、正式に使いを寄こすが、その前に私の口から伝えようと思って今日は来た」

もしかしたら、サンドラが正式に妾妃になるということだろうか。

今の彼女の立場は《事実上》という言葉が付いているだけで、まだ何の権利も持っていない状況だ。本人も数度やってきて盛大な愚痴を吐いていただけに、とうとうレナルドも折れたのかと思った――が。

「お前の屋敷で働いているリンという娘を城に召し上げることにした」

レナルドは、何を言っているのだ。

「……冗談がお上手になられた」

今までどんな悪い冗談も聞き流せたが、この冗談だけは聞き流せない。

「聞こえなかったか。リンという娘を城に上げると言った」

「……なぜ、リンのことを?」

「私が何も知らないとでも思ったか」

レナルドは立ち上がり、上からライアンを見下ろす。

「お前を苦しめるためにサンドラを召し上げたが、一向に奪い返そうとする様子も見せない。そればかりか、町中で惚けた顔で女と歩いているという。調べさせれば、公の席にも連れて行ったそうだな。その女……リンが、お前の大切なものなのだろう?」

「……」

「私には、お前の大切なものをもらう権利がある。お前にわざわざ言うことでもなかったが、しばしの別れを惜しむ時間をやろうと思ってな」

「……レナルドさま」

「それと、ルイスを引き取るという話も進める。第一、あの子はお前の子ではないだろう。両親揃った城で育つのが一番良い」

「……」

ライアンは膝の上にある拳を強く握った。

ルイスは、ライアンの実の子ではない。城で時折行われているお茶会に出席していたサンドラが、いつの間にか親しくなっていたレナルドの弟、第二王子のエリックと通じて妊娠し、産んだ子だった。

自身の子でないということは初めからわかっていた。そもそも、結婚する前も後も一度も抱かなかった相手との間に、子供ができるはずがない。

サンドラとは彼女に押し切られる形で結婚した。その時点で、サンドラもライアンの気持ちが己にないことは知っていたはずだ。

サンドラはそれを十分わかった上で、ルイスを産んだ。彼女にしてみれば、王族の子供を産むことは自分の価値を上げる行為の一つでしかなく、そこにライアンの気持ちなど必要なかったのだろう。

だからこそ、レナルドが妾妃にと言ってきた時、彼女は躊躇うことなく我が子を捨てることができたのだ。あまりにも鮮やかなサンドラの行動にライアンは呆気に取られ、それを止める情熱もなく、残された子供に罪はないとルイスを手元で育てる決心をした。

それでも当初は残されたルイスに対しても愛情よりも戸惑いの方が大きく、いっそ養子にでも出したほうがあの子にとって幸せなのではないかと思うこともあったが、今ではリンのおかげで人並な父親の役割ができるようになってきた。

ようやく固まりつつある親子の関係を、今さらなかったことにはしたくない。

サンドラが第二王子のエリックと関係を持ち、その結果妊娠したということを知っても、レナルドは最後までエリックを庇った。

（……しくじったな）

リンと一緒に過ごす時間が楽しくて、レナルドに対する警戒を怠ってしまった。

（……それほどまでに、私が憎いのか……）

ライアンの隣にいる者を奪わずにはいられないレナルドの妄執が、恐ろしいという以上に空しく、寂しい。

だが、自分たち兄弟の確執に、リンを巻き込むわけにはいかなかった。

人が聞けば、王の愛妾になるのは名誉なことだと言うだろう。しかし、何の後ろ盾もない平民であるリンが城にあがれば、既に存在する王妃やサンドラをはじめとする他の妾妃、それだけではない、城で働く者たちから露骨な差別をされるはずだ。

女たちの争いをレナルドが間に入って宥めるはずはなく、明るいリンの心が暗く沈み、傷ついてしまうのは目に見えていた。

「王妃は、何と」

「あれは、私の意に逆らうことはない。既に世継ぎもいるし、女の一人や二人、気にすることもないだろう」

　いや、気にしないはずがない。女とはどういうものか、レナルドよりも知っているつもりだ。

「……レナルドさま、彼女はただの平民です。他の方々が召し上げることを許されるはずがないと思いますが」

「私は王だ。王の言葉に逆らえる者がいると思うか？」

「……」

「やはり、ここまで足を運んで良かった。お前のその顔を見て、今度こそ本当に絶望する姿が見られると確信したぞ」

　口元は笑んでいたが、レナルドの目は少しも笑っていない。それは、昔からライアンにだけ向けられる眼差しだ。

「レナルドさま」

「お前の懇願は聞かぬ」

　そう言い捨て、レナルドは部屋を出ていく。その後ろ姿をライアンは追った。

「考え直してください」

「……」

「賢王と称えられるあなたが、一人の民を不幸になさるんですか」

　その時、レナルドの足が止まる。

しかし、振り向かないまま再び歩き始めたレナルドは、そのまま玄関へと向かった。

その後ろを追っていくしかないライアンは頭の中で目まぐるしく考える。王自ら口にした限り、レナルドは必ずリンを城に召し上げようとするだろう。平民であるリンは、その勅命を断るという選択さえない。

それでも、もはやリンを手放すなど考えられないライアンに残された道は、どんな手段を講じてでもレナルドの勅命を無にするということだ。そのためには、今まで目を向けないようにしていた己の血とも、改めて向き合わなければならないかもしれない。

「ライアン」

玄関で待っていたレナルドの近衛《このえ》兵が扉を開けた時、それまで沈黙を守っていたレナルドが振り返った。

「お前が望むのなら、サンドラを下賜《かし》してやろう。……それとも、私の手垢がついた女はいらないか」

「……」

多分、これはカマを掛けているのだ。動揺した様子を見せた方が負けだと、ライアンは僅かに口角を上げる。

「その前に、あなたの方が私の手垢がついた女を抱いたのでしょう」

その瞬間ライアンを貫いたのは確かな殺意だ。

だが、さすがに大国の頂点に立つ男は大きく取り乱すことなく、自分とよく似た冷笑を浮かべた。

「下手なお前では満足できなかったようだぞ」

言い捨てたレナルドは立ち去った。扉を閉めて間もなく馬車の走る音が聞こえ、ライアンは大きな溜め息をつく。レナルドと会った後はいつも酷く疲れるが、今日はそれよりもどうしようもない逡巡が心を占めていた。

「……リンを、か」

それだけではない。ルイスまで自分から取り上げようとしている。

さすがに良いところに目をつけたと言いたいほどだ。今のライアンから二人を引き離せば、それこそ本当の腑抜けになってしまう。

とにかく、時間がない。

早急に手を打つのと同時に、このことをリンには絶対に知られないようにしなければならなかった。

第六章

翌日、リンは不安な気持ちを抱いたまま屋敷に行った。

結局家族にはレナルドの話はしなかったし、たとえしたとしても結論はとても出なかったはずだ。

だいたい、王と直接言葉を交わすということは一生を通して無いのが当然で、ましてや妾妃として迎えられるなんて絶対に考えられないことだ。今でもリン自身、レナルドと本当に会ったのかどうか、あやふやな記憶のままだった。

屋敷に着くと、なぜか空気が張り詰めているような気がした。一見いつもと変わりないのに、使用人たちの態度が皆、どこか不安混じりというか……言葉では表現し難いが、落ち着かないのだ。

「エマ、何かあったの?」

「あ、リン」

急いで着替えたリンがエマに聞くと、彼女も何とも言えない表情になる。

「それが、他の子から聞いたんだけど、昨夜王がいらしたんですって」

「えっ」

まさかそこでレナルドの名前が出るとは思わず、リンはまじまじとエマの顔を見つめてしまった。

(王が、ここに？)

もしかしたらそれは、リンがレナルドと会った後にここに来たということか。

それならば、ライアンは既にリンが城にあがることを聞かされているはずだ。

「レジーヌさまもウォルターさまも何も言われないので、いったい何があったのか私たちもわからなくて……」

「……そう」

「リン？　顔色が悪いけど、気分が悪いの？」

エマに顔を覗かれそうになり、リンは咄嗟に身体を引く。動揺していることを知られたくなかった。

「う、ううん。わ、私、旦那さまに用があるから」

「あっ、リンッ」

どんどん大きくなる不安を抱いたまま、リンは急いでライアンの部屋へと向かった。今ならば朝食前で、彼は部屋にいるはずだ。

通常は食堂で朝の挨拶をするのだが、今日は一刻も早くライアンに会わなければならないと心が急《せ》いていた。

扉を叩き、応えがあったのを確認してから中に入ると、既に身支度を整えているライアンに出迎えられた。

「おはよう、リン」

「お、おはようございます。あの、旦那さま」

リンは直ぐに昨日のことを口にしようとした。だが、笑みを浮かべながら自分を見ているライアンの顔に、次の言葉が言えなくなってしまった。

「ん？」

「……」

「リン？」

「……いえ、お食事の用意ができています」

「ありがとう」

結局それだけを言って部屋を出たリンは、食堂に向かいながら考える。

(昨日、聞いているはずなのに……)

いつもと変わりないライアンの態度に、反対に強い違和感を覚えてしまった。

使用人たちの間でもレナルドが来たことが知れ渡っているというのに、彼は少しも態度に出そうとしない。リンにわざわざ話すことでもないと言えばそうなのだが、まったく何も言わないというところがかえって不自然だった。

「……」

リンはレジーヌの元に行った。

「どうしました？　リン」

レジーヌも、見たところいつもと変わりない。

それでもリンは、今自分が胸に溜めていることを尋ねてみた。

「あの、旦那さまとレナルド王のことなんですが」

話を切り出した途端、レジーヌの表情が僅かに変わる。

「……どういうことです？」

「……もしも、旦那さまが王の意向に反したとしたら、旦那さまは罪に問われるのですか？」

ライアンとレナルドの間では、既にサンドラのことがある。その上、リンのことにまでライアンが反意を伝えたとしたら。

「……ライアンさまは貴族という称号をお持ちですが、ガルディス国の最高権力をお持ちなのはレナルド王です。王がどんなに理不尽なことをおっしゃったとしても、ライアンさまは受け入れなければなりません。仮に、その言葉に反する言動をなさったら、称号は剥奪され、重い罰をお受けになることでしょう」

「……っ」

頭の中ではわかっていたことだが、レジーヌの淡々とした説明によってさらに重い現実としてリンの前に突きつけられた気がした。

優しいライアンは、リンが頼めば何とかしようとしてくれるかもしれない。しかし、レナルドの臣下という立場のライアンが、国策とはまったく関係のない、言わば王の個人的な趣向に関して意見を言うことなど許されないのは当然のことで、安易に考えていた自分が間違いだったことを痛感する。

そのせいでライアンの身に何かあったら……考えたくもなかった。

「……レジーヌさま」

せっかく、ルイスも慣れてくれて、ライアンと共に過ごす時間は仮初めの夫婦だとしても楽しかった。しかし、それはあくまでも本物ではなく、このままリンがいなくなったとしても少しは寂しいと思ってくれるかもしれないが、きっと……時間が経てば忘れていくだろう。

何より、ライアンからルイスを引き離すことなどできない。寂しい彼から大切な家族を奪うなんて、考えられない。

レナルドの言葉を信じるのなら、リンが頷けばルイスは城に行かなくても良い。リンが頷けば、すべてが丸く収まるのだ。

「辞める時は、レジーヌさまに伝えればいいですか？」

「リン、あなた……」

「新しい人が決まり次第、私……辞めます」

我慢は、自分だけがすればいい。迷うことはないのだ。

ライアン以外には抱かれたくないなんて、驕《おご》ったことを考えてはいけない。

「……リン、今の言葉は私の心に留め置いておきます」

しばらくして、レジーヌは今日初めて浮かべる笑みをリンに向けてくれた。

「あなたの人生をあなた自身が決めるのは当然ですが、あなたを大切に思う相手ともよく話し合うことです」

「レジーヌさま……」

「さあ、仕事に戻りなさい」

「……はい」

リンは頷き、一礼してから部屋を出た。

レジーヌはああ言ってくれたが、リンはもうこの屋敷を辞めるつもりになっていた。

仕事の中にはリンに任せられているものも多いので、きちんと後任で入ってくるであろう相手にわかるようにしておかなければならない。多分、新しい人に直接教える時間はない。

「……よしっ」

リンは気持ちを入れ替えるように両頬を叩く。こんな顔でルイスに会うと心配されるので、せめて彼の前では笑顔でいたかった。

数日後、ライアンの屋敷に勅使《ちょくし》がやってきた。昼間、王家の紋章が入った馬車が屋敷の前に乗り付けたので、王からアングラード家に何か命が下ったことは町中の人間がわかることになってしまった。

「……」

(先手を打たれたということか)

ライアンは手にした書状に目を通した後、苦々しげに口元を歪めながらそれを机の上に投げる。

できるだけ穏便に事を運ぼうと立ちまわっていたライアンだったが、まさかレナルドがここまで手早い仕事をするとは思わなかった。こうなってしまっては、どちらにせよ自分かレナルドが傷つかなければ終わらない。

気が滅入ってしまったライアンは書斎から出て中庭に向かった。今時分ならリンとルイスが遊んでいる時間だ。

「今度はルイスの番よ」

「うん！」

歩くごとに、楽しげなルイスの声が大きくなる。自然と強張った顔が柔らかくなっていくのを自覚しながら、ライアンは木陰に座っている二人を見つめた。

今日の二人は、地面に刺した木の棒に、紐で作った輪っかを投げて遊んでいた。柔らかく形が変わるそれは上手く棒に掛からず、ルイスは大きな声で残念がり、近くで座って笑っているリンは手を叩きながら励ましていた。

「頑張って！」

見ているだけで幸せな光景だ。

これがずっと続くと思っていたのに、自分の背負った業《ごう》はこの幸せを無残にも奪おうとしている。

（……そんなことはさせない）

リンの座っている場所からはライアンの姿は見えないらしく、忍び足で近づいてもルイスの応援に夢中で気づかなかった。そのまま、ライアンは背後から華奢な身体を強く抱きしめる。

「きゃあっ！」

驚いて声をあげたリンは背後を振り向く。いつものリンなら、突然こんな真似をしたライアンを一睨《ひとにら》みするのが普通で、自分に対して臆した様子を見せない彼女のそんな態度をライアンはどこかで楽しんでいた。

しかし、今日のリンはなぜか一瞬だけ泣きそうに顔を歪《ゆが》めた後、そのまま大人しくライアンの腕の中にいる。珍しいその態度に、ライアンの胸の中はざわめいた。

「リン、君……」

リンは何も言わないが、多分、いやきっと、リンもレナルドの件を知っている。

「とおさまっ」

だが、リンを問い詰める前にライアンの姿に気づいたルイスが、興奮したように叫んでライアンに飛びついてくる。リンを抱いたままだったので、結果的に三人でもつれるように芝の上に倒れてしまった。

「とおさま、みたっ？　ぼくの、はいった！」

ルイスの言葉に視線を向けると、確かに棒に紐の輪が一つだけ通っている。その周りにあるいくつかの輪はまったく方向が違っていて、これが偶然の産物だというのは明らかだった。

ルイスは自慢げに笑っている。改めて、愛おしいと思った。己の血を引いていなくても、ルイスは確かに自分の息子だ。

ライアンは喜ぶルイスを抱きしめる。当然、リンの身体も一緒に、だ。

「すごいな、ルイス」

「ねっ？　すごいねっ」

「リンと一緒だと、ルイスは色んなことを覚えるな。これからもリンには頑張ってルイスの母親役をしてもらわないといけないようだ」

「だ、旦那さま」

「リン」

ライアンはリンの頬に唇を寄せる。赤く染まった頬が目に鮮やかで、いつまで経っても物慣れないその反応はいつだってライアンを楽しませた。

　本当は、毎夜でもこの身体を抱きたい。だが、絶対に手放したくない相手だからこそ、失敗しないように時間を掛けることを選んだ。リンの気持ちが育つまで、彼女の方から欲しがってくれるまでと、リンのためならばいつまでだって待てた。

　その結果が、今の状況だ。

　リンが迷うことなどないよう、色欲に溺れるほど抱けばよかった。いっそのこと、鎖でその手足を拘束し、ライアンを受け入れるだけの生活をさせておけば、失ってしまう恐怖を覚えることはなかったかもしれない。

　リンが、自分の言葉だけを信じ、自分だけを見てくれていたらとは思うが、心優しい彼女はどうしても周りのことを考え、彼女自身の気持ちなど後回しにしてしまう。もどかしくて、そんなリンが愛おしくて、ライアンはそのまま抱きしめる腕の力を強くした。

「いたいよぉ、とおさま」

「ああ、ごめん。二人がとても好きだから力が入ってしまった」

「ぼくも、とおさまもリンもだいすき！」

「父さまもルイスが好きだよ。リンも、愛している」

「……っ」

　腕の中の身体が震える。

「リンは？　君は私のことを愛している？」

「ぼくのこと、すき？」

意図したわけではないが親子でリンを追い詰めるように言うと、随分時間が経ってから小さな声が嬉しい言葉を紡いでくれた。

「二人とも、好き、です」

「リンッ」

「……リン」

リンは顔を振り向かせ、ルイスの視界に入らないように自ら唇をライアンのそれに押し当ててきた。触れるだけのそれは温かくて、今までになく甘い気がした。

これが、本当に何もない日常の中でのことなら、ライアンは飛び上がるほど嬉しかった。想う相手に受け入れてもらえる喜びを、身体全体で表現していたかもしれない。だが、今リンから行動するということは、彼女の中で何らかの強い意志が働いているということだ。ライアンにも言えないそれが、良いことだとはとても思えない。

これから昼寝をするというルイスをリンに任せ、再び書斎に戻ったライアンは直ぐにレジーヌを呼んだ。リンが慕い、なんでも相談している彼女ならば、何か知っているかもしれない。

部屋に入った時のレジーヌの顔を見て、ライアンの予感は確信になった。長い間屋敷に勤めてくれた彼女の表情は、実の母同様にわかるつもりだ。

「リンに何があった？」

前置きをせずにそう言うと、レジーヌは真っ直ぐにこちらを見て告げた。

「辞めさせてほしいと申し出ました」

「……いつ」

「レナルド王が屋敷にいらした次の朝です」

「……そうか」

（やはり、あちらにも行っていたか）

慎重なレナルドはライアンの苦しむ顔を楽しむだけではなく、その前にリンの言質《げんち》も取ろうとしたのだ。いや、平民が王の言葉に逆らうことができるはずもないので、ライアンの絶望を確かなものにするために会いに行ったのだろう。

ライアンは溜め息をつく。深く、重い溜め息だ。

「許可を出したか？」

「預かると言いました」

「わかった。それは聞かなかったことにしてくれ」

リンが直接言ってこない限り、すべては無かったことにする。できればリンが何も言わないうちに、すべてを終わらせたい。

「ライアンさま」

考え込んでいたライアンは、レジーヌの声に顔を上げた。

彼女には頭が上がらないことも多く、昔の無軌道な生活をしている時も諫められた。だから、顔を見ればわかる。これは説教をする時の顔だ。

「リンとのことをどうお考えですか？　あの子は真面目で、素直な子です。一時の慰みのつもりなら、このまま解放してあげてください」

「レジーヌはリンの味方か」

苦笑すると、当然のように睨まれる。

「どちらを守りたいかを考えれば明白です」

「……なるほど」

それはレジーヌだけでなく、ウォルターを始めとする屋敷の中の者たちの総意かもしれない。

ライアンはふっと笑んだが直ぐに表情を改めて、冗談では許さないというレジーヌの強い眼差しに向かって精一杯の誠意を込めて言った。

「遊びのつもりはない。すべてが済んだら、きちんと結婚を申し込むつもりだ」

「ルイスさまの母親としてでしょうか？」

「それもあるが、私の妻としてずっと側にいてほしいからだ」

リンではなく、レジーヌ相手に恥ずかしい告白だが、言葉にすると改めて自分の強い気持ちを自覚できた。

身も心も、その人生すべてを。一生共に過ごしたいと思った相手だ、手放すなんて欠片も考えていない。

ライアンの決意はレジーヌにも伝わったらしく、彼女は一礼した後、部屋を出ていく。その際、表情はうって変わって優しいものになっていた。

レジーヌには辞めることを伝えたものの、ライアンにはいまだ直接言えないままだ。ライアンに言ったら、それが嫌でも現実になってしまいそうで怖かった。

だが、あの日から五日。

そろそろちゃんと身の振り方を決めなければならない。使用人の皆に迷惑を掛けることなく、ルイスにもちゃんと別れの言葉を伝えてと、リンは仕事の手が空くごとにそんなことを考えていた。

だが、結局その日も何も言えず、リンは夕方になって屋敷を出る。家に向かって歩く足取りは重くて、口から零れる溜め息は途端に多くなってしまった。

「買い物をして……夕食を作って……」

（みんなを風呂に入れて、明日の朝食の用意をして……）

やらなければならないことを呟くが、ふと、こんな日々は自分が城に上がったら過ごせなくなるのだと気づいた。家族にもなかなか会えなくなり、自由に町を歩くこともできなくなるなんて、やはり考えられない。

「……王さまは、どうして私を選んだんだろう……」

会ったこともない平民の娘を、妾妃に召し上げる理由は何だろうか。

「知りたいか」

「……え？」

自分の呟きに返事があるとは思わず、リンはしばらく普通に歩いてから立ち止まった。慌てて辺りを見回すが、忙しそうに行き交う人々は立ちつくすリンを避けて通るだけで、特に注意を向けている様子はない。

(……考えすぎて、幻聴が聞こえたとか？)

「気のせい……」

「リン」

「！」

低く艶のある声が自分の名前を呼んだので、今度こそリンはその方へと顔を向けた。そこには馬車が停まっていたが、王家の紋章は付いていない普通の馬車だ。

リンの視線に気づいたかのようにちょうど扉が開けられ、中から一人の男が下りてくる。外套《がいとう》を羽織り、深く帽子を被った背の高い男が顔を上げた途端、リンは思わず叫びそうになった声に慌てて口を押さえた。

(お、王さまっ？)

それは、先日初めて会ったレナルドだった。

高級そうな服をまとっているものの、先日のきらびやかな王の装束とはまた違った雰囲気で、どちらかといえばライアンと同じ貴族のようにも見える。ここにレナルドがいることが信じられなくて、リンは混乱する思考を何とか落ち着かせようと忙しなく視線を動かしてしまった。

だが、ここにレナルドがいることを知られるのはまずい。いくらレナルドが民に慕われている王とはいえ、反感を持つ者がまったくいないとは限らなかった。辺りを見回しても護衛はいないようだし、早く馬車に乗って立ち去ってほしい。

「王……レ、レナルドさま、早く馬車にっ」

「今日は、お前に会いに来た」

「わ、私に？」

焦るリンとは裏腹に、レナルドは落ち着いた声でそう言うとさっさと歩き出してしまった。まったく後ろを振り向かないのに、まるでリンが後からついてくることを確信しているかのような歩みだ。

「……もうっ」

レナルドの正体を知るのはリンだけだ。自分だけでもレナルドを守らなければと思ってしまい、リンは慌てて彼の後を追った。

「あのっ」

「……」

「あの、レナルドさまっ」

「なんだ」

言葉を返されたが、リンは次の言葉が出てこない。

どうしてここにいるのか、会いに来たとはどういうことか。

ライアンに会って、いったい何を言ったのか。

聞きたいことは山ほどあったが、レナルドが正直に答えてくれるとはとても思えなかった。良くも悪くも、王であるレナルドは傲岸不遜《ごうがんふそん》だ。

リンは斜め前を歩くレナルドの横顔を見る。

（すごく、見てる）

こんなふうに、供を連れずに町中を歩くのは珍しいのか、レナルドは市場や行き交う人々を観察するように見ていた。そこには、この国を己が守っているのだという自負も見えるようで、なんだか声を掛けづらい。

いや、視線だけではない。

ライアンなら、リンの歩調に合わせて隣を歩き、声を掛けてきたり身体に触れてきたりする。しかし、レナルドはリンに合わせるようなことをせずに、己が道を行くように見えた。

ライアンとレナルド、まるで違う二人だが、こうして側を歩いているとふと見せる眼差しや歩き方が、どこか重なって見えてしまう。そう思ってしまう自分がとても不思議に思えた。

「……賑やかだな」

かなり歩いた頃、レナルドが呟いた。それはリンに聞かせるつもりはなかったのかもしれないが、リンはその言葉に答えた。

「皆、王さまのおかげだと言っています」

「……」

「物資の流通も、税の制度も、すべて王さまが私たちのために心を砕いてくださったと。国交も上手くいっているから、ここ数十年も戦《いくさ》がないって」

けして世辞ではないが、レナルドは少しも嬉しさを見せないままふんっと吐き捨てる。

「私だけの力ではない。民が私を信じて従ってくれたからだ」

意外にも、レナルドはそう言って立ち止まる。ようやくそこでリンを振り返ったが、その眉間には皺が寄っていた。

「当たり前のことだ」

どうやら、賢王と慕う民の目はあながち間違ってはいないようだ。レナルドの目はちゃんと国民に向けられていて、きちんとした国政をしている。

だが、そう思うとどうしても今回の、リンを妾妃にと言いだした意味がわからない。

「あの……きゃあっ」

その時、急いで脇を走り抜けた男とぶつかってしまい、リンはよろけて倒れそうになった。このまま地面に倒れ込むかと咄嗟に目を閉じたもののその衝撃はなく、代わりに硬いものにぶつかって止まる。それがレナルドの腕だと気づき、一瞬間をおいてから慌てて身を起こそうとしたが、なぜかリンを抱きしめる腕の力は緩まなかった。

「す、すみませんっ」

王に助けてもらうなんて失態だ。だいたい、間近で顔を見るのも恐れ多いのに、身体に触れてしまうなんてそれこそ不敬だと罰を言い渡されてもおかしくない。

「レ、レナルドさま」

深く頭を下げて謝罪するにしても、この体勢では無理だ。腕の中から顔を上げたリンは、レナルドの視線が別の方向に向けられているのを見て自分も振り向いた。

（あれって……）

そこでは、小さな子供が母親に焼き菓子を買ってもらい、大喜びで頬張っていた。あれはリンが迷子のルイスに初めて会った時に買ってやった、小麦で作って甘い蜜を絡めた焼き菓子だ。

「……」

（もしかして……）

「食べてみたいんですか？」

思わずそう聞いてしまったのは、レナルドの目があの時のルイスのそれに重なったからかもしれない。

言ってしまってからなんてことをと慌てたが、レナルドも思いがけないことを言われたかのような当惑した表情を一瞬だけ見せた後、直ぐに視線を逸らして冷たく言い放った。

「私があのようなものを食べるわけがない」

「子供に人気なんです」

「……」

「ちょっと、待ってください」

「おい」

どうしてそうしたのかわからなかった。それでも、リンはルイスに買い与えたように、レナルドにも素朴で美味しい菓子を、子供たちが喜んで食べるそれを、実際に口にしてもらいたくなった。

「おじさん、二つ」

「はいよ」

出来立て熱々のものを受け取り、リンは急いでレナルドの元へと戻る。彼は先ほどまでいた場所から一歩も動くことなく、戻ってきたリンに視線を向けていた。

「どうぞ」

「……」

「えっと……毒味した方がいいですか？」

さすがにこれでレナルドを毒殺しようなんて思う者がいるはずないが、それでも王として初めて見る食べ物を簡単には口にできないかもしれない。

そう思い当たったリンはレナルドに差し出したそれを自分で食べてみようとしたが、一瞬早く伸びてきた手がリンの手首を摑んで寸前で止めてしまった。

「……レナルドさま?」

「お前を疑うつもりはない」

そう言ったレナルドは、そのままリンの手首を持って菓子を口元まで持っていき、少しだけ躊躇った後で口にした。恐る恐る口をつけたのが丸わかりだし、「甘い」と呟いた声も聞こえた。

「甘いですか?」

「……子供が好きそうな味だ」

「そうでしょう?」

自分で作ってもいないのに自慢げに頷いてしまったことが恥ずかしく、リンはもう一つの焼き菓子を食べた。確かに甘いが、この濃厚な甘さが子供にとっては幸せの象徴のような気がするのだ。

文句のようなことを言っていたレナルドだが、その後も二口、三口と菓子を齧っている。もしかしたら気に入ってくれたのかもしれないと思えば嬉しい。だが、道の真ん中で立ち止まったまま菓子を食べる自分たちはとても邪魔のようで、リンは軽くレナルドの服を引いて促した。

「あの、行儀が悪いかもしれないですが、食べながら歩かないと邪魔です」

レナルドは周りを見渡し、リンの言葉の通りだと思ったのか歩き始めた。

大国ガルディス国の王と、菓子を頬張りながら市場を歩く。家族に言っても誰も信じてくれないだろう。

しばらくは二人とも黙って菓子を食べ続け、やがて食べ終わったレナルドから棒を受け取ると近くの屋台で処分してもらうよう頼んだ。汚れてしまった手は、持っていた手巾《ハンカチ》を差し出して拭くように勧める。なんだかまるでルイスの世話をしているようだと思ってしまった。

（この方は、世間知らずというわけではないだろうけど）

むしろ、リンの知らないことをたくさん知っているはずだ。

それまで、一連のリンの動きを黙って見ていたレナルドが不意に言った。

「お前は、私が怖くないのか？」

突然の問いかけに驚くが、答えを待つかのようにこちらを見続けるレナルドに返事をしなければならないと焦る。

「こ、怖いです。王さま、ですし。でも、尊敬しているので、恐怖とかではなくて、その、恐れ多いっていうか……緊張してしまいます」

「……」

「それでも、こうしてお話させていただくと、今まで知らなかった王さまを見ることができて良かったと思います」

平民にとって王は天上の存在で、側にいるだけで萎縮《いしゅく》してしまう。それでも、今少しだけ一緒にいて見たレナルドは、ライアンにも通じる寂しさを持つ人間のように思えた。恵まれた地位、恵まれた容姿、誰もが羨む人生なのに、どこか不完全に見えてしまうのはリンの気のせいだろうか。

俯いてしまったリンは、それ以上何も言えなくなる。すると、不意に伸ばされた手が腕を掴み、リンはレナルドに引っ張られるようにして足を踏み出した。

「……あいつは変わった」

歩きながらレナルドは話し始めた。今度はリンに聞かせるためか少し大きな声で、それでも淡々とした口調だった。

「え？」

「少し前までは、何もかも諦めきった、腑抜けの顔をしていたというのに……お前を城に上げる話をした時、生意気にも私にたてつこうとしてきた」

レナルドの話を、リンは戸惑いながらも必死で聞きとろうとする。雑音が大きかったが、それでも聞き逃してはいけないと思った。

「父上に望まれたあいつに幸せなど絶対に与えてやるかと思い、妻まで奪ったというのに、あいつは呑気に暮らしている。その上、お前という愛情を注ぐ者を見つけてしまった。そんなことが許されるか？」

「え、ちょ、待ってくださいっ」

レナルドが何を言おうとしているのか、リンにはまったくわからなかった。ただ、ライアンに対して強烈な憎悪を向けているのだけは、肌を刺す言葉の棘で感じられる。

しかし、一人の人間にそれほどの強い憎しみを向けられるものだろうか。

「どうしてそんなに旦那さまのことを恨まれるんですか？　旦那さまがあなたに何をしたんですか？」

必死になって問いかけると、ようやくレナルドは振り返る。そこには僅かながら驚きの色が見て取れた。

「あいつに聞いていないのか？」

「え？」

「あれは、私の異母弟だ」

「……異母、弟……？」

（え……じゃあ、旦那さまのお父さまが、前、王？）

驚きのあまりぽかんと口を開けてしまったリンを見て、レナルドはふっと目を細める。それは思いがけない優しげな表情だったが、今のリンには聞いてしまった話の重大さで頭の中が混乱していた。

平民のリンに王族の個人的な関係を知る機会などあるはずがなく、レナルドと並び優れた王として名高かった前王とライアンの間にそんな関係があるなんて想像もしていなかった。

正妃を持つ王は多くの子供を作るためや近隣との友好関係のため、何人かの妾妃を持つのが通例だ。多くはそんな近隣の王族や貴族の姫で、まれに平民の中でも豪商の娘が召し上げられることもある。王の血を引く子までなしたのなら、さらにそれなりの地位を与えられるのが普通だろう。

しかし、ライアンの今の地位は貴族だ。高い身分には違いないが、王の血筋という話は聞いたことがない。公にしていないということは、これは王族の中でも禁忌だということではないか。

本当ならライアンは王子で、リンとはまったく別世界の人だった。そんな相手とくちづけをし、ましてや身体を重ねたなんて恐れ多いにもほどがある。

リンの動揺を見たレナルドが、腕を握っている手に力を込めた。まるで慰めるかのような仕草に、リンは思わずその顔を見上げた。

「私は、母から父を奪ったあの女の子供であるライアンの幸せは絶対に許せない。その欠片でも手に掴もうとするのなら、手首ごと切り落として握り潰してやる」

「レ、ナルド、さま……」

片親でも血が繋がっているというのに、どうしてここまでライアンのことを憎むのかわからない。肉親の情というものは、滅多なことでは途切れないのではないか。

「リン」

レナルドが名前を呼んでも、リンは応えることができなかった。しかし、レナルドは気にした様子もなく言葉を続ける。

「お前が私の勅命を断るというのなら、私はその代償をあの男に払わせるつもりだ。あの男を大切に思うのなら、素直に私の手を取ることだな」


「あら、リン、いつの間に帰ってたの？」

「あ……ただいま」

気がつくと、リンは家の前に立っていた。しかし、いつからそこに立っていたのか、母に声を掛けられるまでまったく記憶がない。

「直ぐ、夕飯の支度をするから」

「お願い。私は父さんのところに行くから」

母を見送った後、機械的に前掛けをつけ、野菜を刻み、鍋を火にかける。毎日することで意識せずとも身体は動くが、リンは頭の中でまったく別のことを考えていた。

（旦那さまが王族だったなんて……）

そんな大切なことを話してもらえなかったことに寂しさを感じたのは一瞬で、後はレナルドのライアンに対するあまりにも深く大きい憎悪に胸が押し潰されそうなほどの苦しさを覚えた。

表面上では、レナルドのライアンに対する憎しみが際立っていたが、今から思い返すと話すごとにレナルドの心は慟哭《どうこく》していたような気がする。両親に対する深い愛ゆえ、行き場のない思いをライアンに向けているのではないか……そう思えた。

(私は……)

レナルドは言ったことを必ず実行するはずだ。

『お前が私の勅命を断るというのなら、私はその代償をあの男に払わせるつもりだ』

あの言葉は、けして誇張ではない。だとすれば、自分ができることは何か。

リンは唇を噛みしめ、目を閉じる。

答えはもう、一つしかなかった。

第七章

いつものように朝屋敷に行ったリンは、朝食の席でライアンと会った。

「おはようございます、旦那さま」

「おはよう」

向けてくるライアンの眼差しは相変わらず優しい。レナルドの圧力など欠片も感じさせないのがとてもつらくて、それでもそこまで自分が大切にされているようで嬉しくも思ってしまった。

食事を終え、書斎に向かおうとしたライアンの後を追ったリンは、周りに誰もいないことを確認してから声を掛ける。

「旦那さま」

リンが後ろにいたことに気づいていたのか、ライアンは口元に笑みを浮かべながら振り向いた。

「どうしたんだ？　リン」

「あ、あの」

「……」

「あの……今夜、お時間いただけますか？」

それだけ言うのにも、身体がカッと熱くなる。だが、リンはライアンから視線を逸らさなかった。今夜自分がすることを思えば、こんなことで恥ずかしがってはいられない。

リンの緊張感が伝わっているはずだが、ライアンは相変わらず感情の見えない笑みを浮かべてからかうように言ってきた。

「そんな嬉しいことなら、私には秘密にしておいてほしいな」

「え？」

どういう意味か、首を傾げるリンにライアンは言葉を続ける。

「夜這いに来てくれるんだろう？」

「……ふっ」

ライアンらしい言葉に、リンは思わず笑ってしまった。

いつだってそうだ。何も考えていない、能天気なふうを装って、ライアンはいつだってリンを笑わせてくれた。それは、凄い気遣いだと思う。

もしかしたら、冗談にまぎれて今のリンの言葉に猶予《ゆうよ》を与えてくれようとしているのかもしれない。本当にその気があるのか、リンは自身の気持ちを確認するように頷いてから答えた。

「では、こっそり行くことにします」

「待っている」

そう言ったライアンは手を伸ばしてリンを抱き寄せた。昨日、レナルドが摑んだ場所の上から、まるでその強さの記憶を塗り替えるかのようだ。

（何も知らないのに……）

リンがレナルドと会ったことも、彼とどんな話をしたかも、ライアンが知るはずなかった。それでも、リンの様子がいつもと違うことに敏感に気づいたのだろう。

「じゃあ、仕事頑張って」

「はい」

書斎に向かうライアンを頭を下げて見送ったリンは、大きな溜め息をついてから顔を上げた。

（やっぱり、旦那さまには敵わないな）

自分に言い聞かせたリンは、さっそく仕事に戻った。何をするにしても、しなければならないことはちゃんとしておきたい。

屋敷の仕事をしながら、ルイスとも遊んだ。すっかり太陽が似合う男の子になったルイスは、今日は手の空いた若い料理人と芝生に寝転がって腕相撲をしている。

こんなふうに、リン以外とも笑いながら遊ぶことができるようになったルイスはもう大丈夫だ。リンがいなくなれば寂しくなって泣いてしまうかもしれないが、それでももう顔を上げて次へと一歩踏み出す力はある。

仕事の方も、できるだけ詳しく文章に書き残していた。元々屋敷の使用人の中ではリンが一番の新参者で、リンが辞めた後はレジーヌが再び新人を鍛えるだろう。

（……寂しいとか、考えたら駄目なのはわかっているけど……）

こうしてみると、自分という存在はここにいなくてもいいようだ。必要とされないことは寂しいが、それも自分の勝手なので愚痴を言うのもおかしい。

「リン！」

「あ、うん」

ルイスが呼ぶ。新しく覚えた遊びで勝負をしようと破顔しながら誘われる。

「負けないわよっ」

暗い顔は絶対にしない。リンはそう言いながら服が汚れるのも構わずに芝の上に腹這いになった。

夕方、リンは一度家に帰ってから夕食の支度をし、母には大切な用があるからと再び屋敷へ向かった。

その前に、風呂に入って服を着替える。何のためにそんなことをするのかと思うと猛烈な羞恥を覚えるが、それでも肌が赤くなるほど身体を磨き、リンは改めて意をけっしてアングラード家の門をくぐった。

レジーヌとウォルターには、あらかじめ夜に戻ってくることは伝えておいた。レジーヌは何かを感じたらしいが、それでも何も言わずに頷いてくれた。

使用人たちは既に離れに引き上げていて、屋敷の中は静まり返っている。

なんだか、初めてこの屋敷に泊まった日のことを思い出した。あの時は、ライアンに抱かれるなんて考えもしなかった。リンにとってライアンはあくまでも雇い主で、《男》として見ていなかったので迫られた時は驚きの方が大きかったくらいだ。

ルイスのためというライアンの言葉に有無を言う間もなく頷いてしまったが、今思えば自分の中でもライアンに対する好意がその時から確かにあった。何も思わない相手なら、どんなに言葉を紡がれても身体を重ねるなんて考えられない。

最初からそうだったのなら、今はもっと……もっと、ライアンのことを考えているし、好意は大きくなっている。離れたくなくて、彼以外の男のものになるのかと思うと悲しくて、はしたないと思いながらも部屋に忍び込もうとするほどに、きっと自分は彼がとても好きなのだ。

部屋の前に立ち、一度大きく呼吸をしたリンは扉を叩いた。応えはなかったが取っ手を摑んでそろそろと開けると、部屋の明かりは煌々《こうこう》とついている。

まだ眠ってはいない時間だろうし、もしかしたら仕事をしているのかもしれない。

奥へと向かおうとしたリンは、通り過ぎようとした寝室の前でふと足を止めた。そういえば、昼間ライアンは言っていた。

『夜這いに来てくれるんだろう？』

あの時は単なる冗談だと思っていたが、もしかしたら。

恐る恐る覗きこむと、薄暗い照明の中、ベッドに人の気配があることがわかった。冗談を実行するらしいライアンに少しだけ笑みが浮かび、リンはゆっくりと歩み寄る。

「……旦那さま？」

「……」

「旦那さま、リンです」

声を掛けるが、ベッドの塊《かたまり》は動かない。

（まさか、本当に寝ちゃっているとか？）

それならば、疲れているだろう彼を起こすことなどできない。寝顔だけでも見て帰るしかないかと考えたリンは、頭の方へと身を屈めてみた。

その途端、

「きゃあっ？」

上掛けから伸びてきた手がリンの腰を抱いて引き倒してきた。驚いたリンは最初の悲鳴以外声も出なかったが、するりと上に回って覗きこんでくる見慣れた顔に、ようやく爆発しそうになっていた心臓も落ち着いてくる。

「……驚かせないでください」

「本当に君が夜這いに来てくれるなんて嬉しくて」

「来ないと思っていたんですか？」

「……来てほしくないなと思っていたかな」

それはどういう意味だろう。単に、リンを抱きたくないのか、それともリンが来た目的に見当が付いているからそう言うのか。

「……」

リンがじっとライアンを見上げると、彼は笑って身体を起こした。密着する身体が離れてしまうことを寂しく思うリンの前でベッドから下りたライアンは、そのまま部屋の明かりをつけてしまう。

「だ、旦那さま」

これでは顔がはっきりと見える。さすがにうろたえてしまったリンは俯こうとしたが、その前に戻ってきたライアンが正面から抱きしめてきて、否応なしに彼の顔を見上げる格好になってしまった。

「リン」

昼間とは違う、艶を帯びた声が名前を呼ぶ。その瞬間、部屋の中の空気も濃密なものに変化したのがわかった。

「どうしてここに来た？」

「わ、私」

「本当に夜這いする気だった？」

「……はい」

羞恥を押し殺して頷くと、ライアンは困ったように笑った。

「……嬉しいというべきなんだが」

リンを抱き上げたライアンは、そっとベッドの上に下ろしてくれる。丁寧で優しい手に、胸が苦しくなるような思いに駆られた。

「思いがけない要因で君が追い詰められていることはわかっているよ。リン、私に君の口から話してくれないか」

「旦那さま……」

（やっぱり、知っていたんだ）

リンが城にあがるよう言われていることをライアンは知っている。その上で、彼はリンに対していつもと変わらぬ態度で接してくれていた。

けして、冷たいからではない。多分、ライアンはリンが助けを求めるのを待っていたのだ。「どうすればいいか」と知恵を乞えば、どんなことをしても助けようとしてくれただろう。

だが、相手はこの国の王だ。どんなにライアンに力があっても、絶対的な存在を相手にすればどんな災難が襲いかかるかわからない。いやライアンだけでなく、ルイスや他の使用人たちだって、レナルドからすればその運命をどうするにも意のままなのだ。

唯一リンができることは、ライアンの側にルイスを残すこと。そうするためなら自分がどうなっても構わないと思うくらいには、リンはライアンのことが好きになっていた。

そこまで考えたリンは、真っ直ぐなライアンの眼差しに首を横に振った。

「リン」

「お願いします、私を……私を抱いてください」

この先、ライアン以外の男に抱かれることになるが、それでも最愛の男は誰なのかをこの身体に刻んでほしい。

そのために、リンは夜這いにきた。

リンが理由を話さないことがわかったらしく、ライアンは大きな溜め息をつく。そして、リンの唇に顔を寄せてきた。

「ん……っ」

軽く合わさったそれは直ぐに離れ、今度は舌で唇を舐められる。開けるように促されているのだとわかった途端少しだけ開いたそこに、ライアンは深く舌を入れてきた。

ざらついた舌が歯列を割って上顎を舐め、逃げそうになる舌を絡め取られた。途端に溜まる唾液を啜られ、反対に注ぎこまれたそれを嚥下する。

まだくちづけしかしていないというのに、リンは体中が熱くなって、覆いかぶさってくるライアンの身体を抱きしめた。

（……好き……）

感情が素直に溢れて、思いを伝えるように腕に力を込める。言葉で想いを伝えることが許されないからこそ、行動で表現するしかなかった。恥ずかしさはもちろんあるが、今夜が最後だと思うとライアンのすべてを自分に刻み込みたくて、どんなことでもしたいし、されることを受け入れられる気がした。

「リン」

くちづけの合間に、ライアンは何度も名前を呼んでくれる。彼の声で名前を呼ばれるのは好きだ。愛おしくてたまらないかのように、愛情が込められているのが今ならわかる。もっと早く、彼の気持ちに素直に応えていたら、今の自分たちの形は変わっていたのだろうかと思うと後悔ばかりが先に立った。

「リン」

「……旦那さま」

鼻がくっつきそうなほど間近にライアンの顔がある。綺麗な碧の瞳には熱が込められていて、目を逸らすことを許さない強い引力があった。その眼差しが、リンと合うと優しく細められる。

「私が怖いか？」

『お前は、私が怖くないのか？』

異母兄弟と知ったせいか、どうしてもライアンとレナルドの共通したところを探してしまう自分がいた。だが、それに応える気持ちはまったく違う。

実際に会って会話を交わしたことで、レナルドに対する感情がただの畏怖ではなくなったが、それでもライアンに対しては強い感情があった。

「……怖くないです」

はっきりと応えると、くっと笑いをかみ殺された。

「それは、安全な男だと思われているのかな」

「違います。だって、私、あの……」

ライアンは黙ってリンの言葉を待っている。もしかしたら夜が明けても、リンがきちんと言葉にするのを待っているかもしれない。

本当に、意地悪な人だと思う。

だがそれは、甘く優しい毒を含んでいて、結局はこちらが折れてしまうのだ。

リンはちらりとライアンの顔を見上げ、その目に自分の姿が映っているとぼんやりと思いながら、そのまま素直に自分の想いを吐露していた。

「……好きな、人ですから」

身分違いなのに、育つ気持ちは抑えられなかった。

「……好きな、人ですから」

リンの言葉を噛みしめ、ライアンはそのまま目の前の愛おしい身体を抱きしめた。何度も抱いたが、はっきりと想いを伝えられたのは初めてだ。

ようやく手に落ちてきたというのに、簡単に喜べない事情が目の前に迫っている。だが、もちろんそんなことでライアンの気持ちは揺らがないし、こうして身を預ける決意をしてくれたリンのためにも、この危機を脱する自信はあった。

その前に、ライアンは思いを込めて囁く。

「私もだよ」

「……知っています」

強がって言うくせに、頬が薔薇色に染まっている。その危うい色香に誘われるように唇を寄せたライアンは、片手で回るほどに細い首筋を舌で舐め上げた。

「あ……っ」

敏感な肌は戦慄き、リンの手はしっかりとライアンの服を摑んでいる。怖がっているのは丸わかりなのに逃げようとしないその態度に、ライアンはリンの固い決意を感じた。

(あいつは、何を言ったんだ?)

リンのもとにも現れただろうレナルドが彼女に何を言ったのか、実際その場にいなくても手に取るようにわかる。優しいリンの気持ちが揺れるのは己のことではなく、周りの人間が関係する時だ。

ライアンのことか、それともルイス、もしかしたらリンの家族のことかもしれない。ライアンを陥れることには執拗なほどの執念を持っているレナルドなら、どんな卑怯なこともやってのけるだろう。弟王子も、同じ自身の母親の恋敵を親に持っているが、レナルドの憎悪はライアンにだけ向けられている。もしかしたらエリックに対しても思うことがあるのかもしれないが、それだけ、自身の母親を嫉妬の鬼にさせたライアンの母を恨んでいるということなのだろう。

そして、ライアンもそれを知っていたからこそ、今までレナルドには逆らわなかった。彼の母親から父親、つまり前王を奪った女の息子だというのは、ライアンとレナルドの関係を昔から位置づけていた。

リンがレナルドのことで心を痛めるのは可哀想だが、こんなことがなければ彼女がライアンの想いを受け入れるのにはもっと時間がかかったかもしれない。そう考えれば少しはあの異母兄も役に立ったのだろうかと苦い笑みがこみ上げてきた。

「ん……あっ」

服の上から揉む乳房は、まだまだ成長途中だ。しかし、手のひらにちょうど収まる大きさのそれは形もよく、先端の淡い薔薇色の乳首はいつまでも舐めしゃぶっていたい。

ライアンはリンの服の釦に手を掛ける。濃紺の使用人のドレスは禁欲的な雰囲気で、その下から現れる白い肌着はよりいっそうリンの処女性を高めた。

ベッドに倒れた拍子に乱れた柔らかな赤毛を撫で、露わになった額に唇を押し当てると、目じりに涙を溜めたリンの眼差しが真っ直ぐに射貫いてきた。

「……」

「……ん？」

何か言いたげな眼差しに問いかけると、リンの顔が泣きそうに歪む。

「……好きです」

「……うん」

「私、本当に……」

「私も、君を愛しているよ」

自分の中の想いを伝えるのに、これほど言葉がもどかしいと思ったのは初めてだ。どんなに愛の言葉を囁いても、今のリンの心に響いているのか自信がない。

リンが自分を好きでいてくれるのは確かだが、それと同時に、いやそれ以上に、自分がリンのことを愛しているとちゃんとわかってくれているだろうか。

どんなことがあっても、手放すつもりはないと信じてくれていれば、今夜リンはここに来なかったかもしれないし、泣くこともなかっただろうにと思うと、すれ違っているお互いの想いがもどかしくてしかたがなかった。

何を言っても、今のリンには信じられないかもしれない。それならば、せめて身体だけでも自分の想いを受け止めてくれるように抱くしかなかった。

「……んっ」

下着の上から乳房を掴むと、小さく痛みを訴えるような声があがる。だが、柔らかなその感触を確かめるように揉むと、それは甘い喘ぎ声に変化してきた。何度も抱き、その身体に己を刻み込んだせいか、無意識のうちにリンはライアンの手を受け入れる。

何度抱いてもその度に返る素直な反応に僅かな笑みを漏らした後、いきなり下着も取り去った。

「！」

さすがにリンは手で身体を隠して見せまいと身を捩ったが、ライアンは機を逃さずに足の間に自身の膝を入れてそれ以上動けないようにした。

「だ、旦那さま」

不安げなリンの声は、哀れに感じる以上にライアンの嗜虐心《しぎゃく》をそそる。もっと泣かせてみたかった。この世で自分以外に頼る者はいないのだという思いを植え付けたい。

潤んだ眼差しもまるでライアンを誘っているかのようで、これは自分のものだという強い思いに駆られてしまったライアンは、剝きだしになった白い首筋に歯を立てた。

「いた……っ」

血は滲まなかったが、赤い痕がつく。ライアンはそれに舌を這わせ、そのまま乳房へと下りて、少しだけ立ち上がりかけた乳首を唇で食みながら舌を絡ませた。

「ん……ふぁっ」

唾液をねぶりつけ、固くしこり始めたそれを吸う。もう片方には手を伸ばし、親指で捏ねるように刺激を与えてみるとこちらも直ぐに育って、無意識だろうリンはもっと強い愛撫を欲するかのように胸を突き出してきた。

強く抱けば折れてしまいそうな腰に手を回し、身体が浮き上がるほどに抱き寄せながら胸元に顔を埋めた。歯を立て、強く吸った白い肌には次々と赤い所有の印がついて、ライアンの下肢にも熱が溜まる。

そこでようやく身体を起こしたライアンは自身の服を脱ぎ始めた。

最初は顔を背けるようにしていたリンが、ちらりとこちらを見るのがわかる。その目の中に明らかな欲情の光を見たライアンはひっそりと笑った。

初《うぶ》なリンは駆け引きなど知らず、己の欲望を隠す術もない。だからこそ、ライアンは己が優位に立てるし、二人の間だけの価値観をリンに教え込むことができた。

「リン」

リンと同じく裸身を晒したライアンはいきなりリンの手を掴む。そのまま下肢へと引き寄せられ、リンはそこで初めて手に力を入れて抵抗しようとした。まだ覚悟ができていないようだ。既に濡れているそれは、リンがさわっただけでビクンと揺れる。ライアンはリンの手を重ねたまま、己の欲望を数度扱いた。

「できるかい？」

今度はリンだけでと言うと、彼女の目が見開かれる。

「わ、私、が？」

「リンの可愛い手で感じさせてほしいんだ」

命令ではなく懇願すると、リンは断ることができない。何度か躊躇った後、それでも伸びてきた小さな手が己のものを摑んだ瞬間、ライアンは腰が痺れるほどの快感を得た。

「あ、あの、どうすれば……？」

「片手で……いや、両手で上下に扱いてくれる？　先の、その張った個所も指先で刺激して……そう、根元も揉んでくれたら気持ちが良いよ」

一つ一つ、自分が気持ちの良い個所を教え、その通りにリンは手を動かしてくれる。まだ恐れも抜けきっておらず、時々びくっと緊張する気配が却って刺激になって、余計にライアンの欲望を育てていった。

時々、「これで良いのか」と問うような眼差しが上目遣いに送られ、ライアンは褒めるように髪を撫でてやる。すると、リンは上気した頰を嬉しそうに緩めて、再び一生懸命に手を動かし続けた。稚拙な動きだが、今までになくライアンの身体は昂った。

いたいけな少女に無体を強いている気がしたが、リンもちゃんとライアンを求めてくれている。その証に上から丸見えの小さな尻が、時折快感を逃がすように左右に揺れるのがわかった。

「今度は、私の方が礼をすべきかな」

「え……あっ」

一生懸命手を動かしていたリンの肩を摑んで多少強引に後ろへと引き倒したライアンは、

自身の淫液で濡らしてしまった手を引き寄せ、舌で指先をねぶる。

そして、

「あ……やっ」

唐突に、両腿を捕らえたライアンはリンの足を大きく広げ、面前に現れた秘唇に舌を伸ばした。

「や、やめっ、止めてくださいっ」

快感に流されていたリンも、まさかそんなところに口をつけられるとは考えもしなかったのだろう。今までの従順さとは一変して必死に逃げようとするが、しっかりと捕らえた足は動かすことができないはずだ。

唯一、ライアンを足蹴《あしげ》にすれば逃れることも可能だろうが、そんなことができるリンではないので、余裕を持ってライアンはそこを愛撫し始めた。

「ふぁっ、やぁっ」

綺麗な薔薇《ばら》色のそこは襞も広がっておらず、一見してまだ男を知らない清純な乙女のようだった。しかし、そこは確かにライアンの陰茎を飲み込み、感じさせてくれるのだ。

舌を突き出し、割れ目に沿って舐めると、抱えている腿が緊張するのが手に伝わった。構わず舌を動かすと、唾液を塗りつけていくごとに光に輝いて、僅かに呼吸するようにその奥が見え隠れし始める。

「だ、旦那さまっ」

頭を引きはがそうと伸ばされた手は、ライアンの髪に縋るように絡みつく。肩を押さえるリンの手にも力がこもり、爪痕がつくだろうなと苦笑が零れた。

「んっ……、んんっ」

徐々に色素が鮮やかに変化し、舌に感じる蜜の甘さも濃くなった気がする。ライアンは片方の足を肩に掛け、空いた手でようやくそこに指を一本押し当てた。

「……っ」

「力を入れないで」

「で、でもっ」

「大丈夫、しっかり濡れているよ」

リンの目で見ることができない身体の変化を伝えてやると、息をのむ気配がして肩を摑む手にさらに力が込められる。その痛みさえ甘い疼きにしか感じられず、ライアンは秘唇の表面を撫でていた指を一気に半分、中に押し入れた。

「……ぁっ」

「痛いかい？」

「あ……はっ」

「リン」

「……く、ないっ」

たっぷりと舌で舐め濡らしていたせいか、痛みはさほど強くなかったらしい。それでも、中に入れた指は食いちぎられそうなほど強く締め付けられ、ライアンはその狭さにこの後己が感じる快感を重ねて身震いがする思いがした。

「大丈夫、ちゃんとリンの身体は私の指を覚えているよ」

「あ……あぁっ」

「ん、上手に飲み込んでいっている」

指を動かさずに言葉を掛け続けていると、締め付けるだけだった内襞がゆっくりとその動きを変えてきた。絞られそうな締め付けはあるものの、蠢きは刺激を与えるものになっている。僅かに緩んだそこを慎重に見極めながら、ライアンは入れた指を動かし始めた。

「ひ……んぅっ」

狭い中を広げるように、内襞を指の腹で押していく。中の感触を感じながらも、ライアンはリンの表情の変化も見逃さなかった。

多分、今の段階では痛みは強くないはずだ。ただ、まだ慣れない性交なのでこの後の衝撃への恐れがあるせいかまだ身体は硬かった。これを解かしていくのが楽しい。

やがてもう一本沿わせた指を入れ、その隙間から唾液を流し込んだ。もちろんこんなものでは足りず、挿入時には香油を使わなければリンの身体の負担は大きい。ただ、こうして身体の表面だけでなく、内側まで自分の匂いをつけていく作業は思いのほか独占欲を満たしてくれた。

「ひゃぁっ」

「ん？　ここ？」

「ち、ちが……ぁっ」

指先が感じる場所を掠めたのか、リンはあからさまに甘い声をあげる。ライアンはわざとそこを続けて刺激して、リンは全身を細かく震わせて気をやった。

「はぁ、はぁ、はぁ……」

呆然とした表情で空を見上げるリンの頬は真っ赤に上気し、唇からは荒い呼吸が漏れるばかりだ。ライアンは口の端にくちづけをすると、間近でリンの顔を見つめた。

「気持ち良かったかい？」

「い……、ま……」

「気をやったんだ。君も気持ちが良くなってくれて嬉しいよ」

初めての感覚に戸惑うリンには、それが良いことなのか悪いことなのかまったくわからない様子だ。しかし、互いに想い合い、愛し合っているのだ、感じないわけがないとライアンは思っている。

「リン」

愛おしい名前を呼んで唇を寄せ、今度は深くくちづけた。お互いの淫液の味が口中に広がり、その味にらしくもなく陶酔《とうすい》した。

リンの涙も、汗も、淫液も、ライアンにとってはすべて甘い蜜にしか感じず、それを味わうのは自分だけに許された特権だと思っている。どんなに偉大な権力を行使しようとも、レナルドが味わうことは絶対に許さない。

「は……あっ」

弛緩した身体をベッドに預けたリンの内襞の締め付けは変わらなかったが、多分このまま挿入しても大丈夫だ。ライアンは手を伸ばしてベッド脇の棚から香油を取り出し、歯を使って蓋を開ける。

一時も、リンの身体の中から出ていきたくなかった。

それをたっぷりとリンの下肢に垂らすと、粘り気のあるそれは淡い恥毛を濡らし、陰唇を辿ってシーツまで濡らした。ライアンはいったん指を引き出し、それに香油を絡めてもう一度中に差し入れた。

だいぶ柔らかくなったと思っていたが、その滑りでさらに滑らかに指が動く。淫らな湿った水音を部屋の中に響かせながら、ライアンはそれからしばらくリンの中を慣らすことに徹した。

「だ、旦那さまっ」

「ん？」

掠れたような声で名前を呼ばれ、ライアンは顔を上げる。そこには、色をまとったリンの艶めかしい眼差しがあった。

「も……っ」

「もう？」

こくこくと子供のように頷くのは、それ以上声を出せば嬌声に変わってしまうことを恐れているからかもしれない。しかし、こんなに可愛らしい仕草をされると、もっと意地悪をしたくなってしまった。

「もう、なに？」

「……んっ」

「言ってくれないとわからないよ？」

下肢を弄る手は止めず、優しい声で唆す。耳元に顔を寄せ、目じりに舌を這わせると、我慢できなくなったようにリンの唇が解けた。

「い……れてっ」

「何を？」

「……っ」

「リン」

「……だ、……旦那、さま、をっ」

どうやら、それが精一杯らしい。リンは言葉の代わりにライアンの両頬に手を添えると、自らくちづけをしてきた。休む暇もなく与えられる快感に手が震えてしまい、くちづけの位置は微妙にずれてしまっている。しかし、その仕草がリンの自分への深い愛だと感じ、ライアンも焦らすことを止めた。

指を引き抜くと、僅かに開いて見える陰唇に自身の先端を押し当てる。腰を沈めるとそれは押し広げられ、同時に、摑んでいる腿に力が入るのがわかった。

リンは何度も浅い呼吸を繰り返し、自分でも身体から力を抜こうとしている。その呼吸に合わせ、ライアンは少しずつ陰茎を沈めた。

「はぁっ……あっ、あっ」

「リ、ン」

陰茎にまとわりつく襞をおし開く感覚は独特のものだが、いつもリンを抱きしめているのとは反対に自分が抱きしめられている気がしてたまらなく心地よい。

（リン、絶対に離さないっ）

胸の中に湧き上がってくる激情に身を焦がれそうになるが、それを見せてしまえば怖がって逃げていってしまうだろう。

余裕がある大人だと、リンが都合が良いように思ってくれている自分の立ち位置は壊したくない。この手を離れていくことなど無いように、大切に、真綿にくるむようにこの腕の中に閉じ込めておきたい。

「んぅっ」

陰茎の傘が張った部分が苦しいのか、リンは眉間の皺を深くし、額に汗を滲ませて呻く。

ライアンはいったん侵入を止めたが、もう一度腰を抱え直すと今度は一気に先端を押し入れた。

「つは！」

ぬるりと先端が入った後は、ずるずると奥へと進むことができる。

「もっ、もうっ」

リンはライアンの背中を叩いて泣いた。

「もうっ、いっぱい……っ」

「まだだ、リン。まだ半分も残っているよ」

わざと教えてやると、リンは大きく目を見開く。

まだ今までの倍はあると知って、もう嫌だというように頭を振った。

「リン、リン」

「も……もっ、や……ぁっ」

「リン、私以外を受け入れないで」

肩を押しのけようとする手を摑み、泣いてしまったリンの視線を逃さぬよう捕らえてライアンは言う。

「リン、私が欲しいと言え。側を離れたくないと言うんだ。君が望めば、私はどんなことでも叶えてあげよう」

今の状態で聞こえているのかわからないが、ライアンは言わずにいられなかった。ライアンがリンを誰にも渡したくないと思うように、リンにもライアン以外を選ぶことなどできないと自覚してもらわなければならない。

ライアンのことを思ってなどと、愚かなことを考えないと誓ってほしい。

「リンッ」

しかし、リンは目にいっぱいの涙を溜めながら、下肢を貫かれる痛みに全身を震わせながら、それでも頷こうとしなかった。

「……リン」

こんなにも弱々しい存在なのに、なんて強い心の持ち主なのだろうか。

リンのその心根の真っ直ぐさと強さを眩しく、愛しいと思うのと同時に、どうしようもなく腹立たしくも思う。

ライアンは目を眇めた。

「……それでこそ、君だよ、リン」

自分で決意できないのなら、ライアンが導いてやればいい。身体も、心も、ライアン以外を受け入れることはできないと、無意識のうちに他人を拒絶できるほどに。

ライアンは止めていた挿入を開始した。熱く狭い、湿ったそこは、ライアンの陰茎を締め付け、絞り、止めどない快感を与えてくれる。

少しずつ、抜き差しを繰り返しながら奥へと進んでいき、やがてリンの尻に双玉が当たった。根元まですべて入れることができたのだ。

さすがにライアンの額からも汗が滴り落ち、リンに至っては呼吸さえもままならない様子に見える。

「良い子だ、リン、すべて入ったよ」

声を掛けて軽く中を突くと、固く閉ざされていたリンの目が薄く開いた。

「君の中に、私が全部いる」

「……ん、と?」

「ああ」

「……嬉し……」

苦しい息の下、そんな健気なことを言われて高まらない男などいない。案の定リンの中でさらに大きくなってしまった肉茎のせいで、彼女の細い腰が大きく戦慄《わなな》いた。

心地よい締め付けに今すぐにでも荒々しく突き動かしたいが、そんなことをすればリンの身体が壊れてしまう。ライアンは半分ほど引き抜いたそれを再び押し入れるという動きを繰り返し、時折先端で突く個所を変えてリンを感じさせていった。

緩やかな動きながら、ライアンは十分気持ちが良かったし、リンの中も次第に熟《う》れてきて射精へと促すように締め付けてくる。

「あふっ、んっ、あぅっ」

今までは、リンの負担を考えて中に出すことはなかった。子供ができるかもしれないという思いが頭の中を過ったせいもある。リンとの子供が欲しくないわけではなく、自分が本当に血が繋がった子を持っても良いのかと考えていたせいだ。

だが、今は孕んでも構わないつもりで抱いている。リンの子供なら絶対に愛せる自信があるし、ルイスとも良い兄弟になってくれるはずだ。何より子供という鎖で、リンが絶対に自分から離れていかないようにしたいと思う。

「……っつ」

肉がぶつかる音と、淫液がかき混ぜられる激しい水音が響く。

お互いしっかりと相手の身体に手を回し、隙間なく身体が密着していた。

これが、本当に愛し合うという行為だ。ライアンは目の前の震える唇に自身のそれを重ねて濃厚なくちづけをしながら、ひと際奥を貫いたと同時に中で熱い飛沫《ほとばし》を迸らせる。

「あ……は……ぁ……」

萎えないそれを引き抜かないまま、吐き出したものを襞に沁み込ませるように塗りつけた。

リンのすべてがライアンのものになった瞬間だった。

痛みではなく、歓喜の涙を流しながら、リンは真っ直ぐにライアンを見る。紅潮した頬も、色づいた唇も、愛された女のそれだ。

「リン」

名前を呼んでもう一度くちづけると、リンはしっかりとライアンの肩を抱き寄せながら自ら舌を忍び込ませてくる。それを吸ってやると、陰茎を飲み込んだ中が妖しく蠢いた。

このまま、思う存分愛しい身体を貪りたい欲求に駆られてしまう。

多分、再開してもリンは受け入れてくれるだろうが――ライアンはかなり未練を残しながらもそれを諦めた。

ぐったりとベッドに身を預けたリンからようやく己のものを抜いたライアンは、少ししてそこから滲み出てきた白いものを指先ですくってからもう一度中へと戻した。

「疲れたか？」

声を掛けても応えはない。慣れないリンは、いつも一度だけで疲れきる。あれだけ日中動き回って働いているのに、こういう体力とは違う種類なのだろうかと考えたライアンは、馬鹿なことをと自嘲した。

呑気なことを考える前に、先ずはレナルドの件を片付けなければならない。

ベッドから下りたライアンはそのまま風呂へと向かい、簡単に汚れを流すと寝室へ引き返してリンの身体を抱き上げた。

「……ん」

僅かな反応は返ったが、ライアンが風呂に連れて行って汗を流しても、秘唇の中に指を入れて己が吐き出したものを掻き出しても、リンは大きな抵抗はせずに受け入れていた。

その間も、ライアンはリンの身体のそこかしこに唇を寄せる。散っていくくちづけの痕を見るのが楽しくて止まらなかったのだ。

「リン」

「……」

リンの身体を拭いてやって居間に戻って長椅子に寝かせ、直ぐに寝室に戻ってシーツを取り替えて――そんなことを喜々としている自分におかしくなり、こんな時でも笑えるのは彼女を抱いたおかげだということも自覚していた。

　リンの世話をするのは楽しい。抱かれたばかりの艶めかしい姿を誰にも見せたくない強い独占欲もあるが、いつもは世話をしてくれるリンを自分が世話をするというのもまた所有欲を満足させた。

　再び居間に戻った時も、リンはまだ眠っていた。

　長椅子の上で身体を丸めるようにしているリンはとても幼く見える。彼女の濡れた髪をかき上げて唇を押し当てたライアンは、再びその身体を抱いて寝室に戻った。ベッドに横たえると、上掛けの中にもぐり込んでいく。その仕草に笑みを誘われたライアンはそのまま自分も横に寝たかったが、翌朝リンが目覚めるまでにしておかなければならないことがあった。

「……」

　誘惑を振り切ったライアンは改めて身支度を整えて部屋を出ると、玄関先に置いてある呼び鈴を鳴らした。

　間もなく、ウォルターがやってくる。服装も部屋着ではなく、いつもの正装のままだ。ライアンがこれから何をするのか、この敏い執事は初めからわかっていたらしい。

「馬車の用意を」

「はい」

「それと」

ライアンは視線を上へと向ける。

「あのまま寝かせてやってほしい」

誰がと言わなくても、ウォルターは静かに頷いた。

「承知いたしました」

「夜が明けるまでには戻ってくるつもりだが、遅くなったとしても屋敷からは絶対に出さないように」

「はい」

ウォルターの指示で玄関先に着いた馬車に乗り込んだライアンは、椅子に座って静かに目を閉じる。身体は心地よい疲れに支配されていたが、不思議と頭は冴えていた。

（二度と行くつもりはなかったんだがな）

ライアンにとっては禁忌の場所だが、自ら足を踏み入れなければならない時がきた。

長年避けてきた結果がこれだ。だが、今夜限りですべてを終わらせるつもりで、ライアンは頬に感じる夜風にふるっと身を震わせた。

第八章

馬車がその場所に着いたのは、もう夜も更けた頃合いだった。

門番たちは訝《いぶか》しんで詰問《きつもん》してきたが、ライアンは落ち着いて持参した書状を見せる。するると、慌ただしく行き来する近衛兵の向こうから、一人の男が姿を現した。男はライアンを見つめ、一礼してから告げる。

「どうぞ」

「夜分すまないね」

「いいえ。あなたさまがここにいらっしゃるのは、本当に火急の用件の時だとおっしゃっていましたから。それがたまたま今夜だったというだけです」

出来すぎた答えにライアンの口元には皮肉気な笑みが浮かぶが、それを隠すつもりはなかった。

「じゃあ、案内してもらおうかな」

男の後をついて広い敷地内を歩く。深夜なので人影はないが、ここは夜でも十二分な護衛がいる場所だ。きっと、どこからかライアンの一挙手一投足を見ているのだろうが、そんな視線を気にすることはなかった。

「こちらに」

やがて、ある一室にライアンは案内された。

開かれた扉の向こうは意外にもこじんまりとした応接間だ。

「直ぐに参ります」

「ああ」

ライアンは椅子に座って目を閉じる。身体にはまだリンから与えられた熱が残っているので、少しだけ興奮が持続していた。

『……好きです』

(私も、愛しているよ、リン)

早く面倒な問題を片付けて、何の心配もない中でリンを抱きしめたい。

アングラード卿という名称は、ライアンの母方の家をそのまま継いで得たものだ。

ライアンは母親が前王に見染められて生まれた子供で、現王レナルドとは異母兄弟になる。母親は前王の妃からの猛烈な反対に遭い、結局妾妃にもならないままでライアンが十歳の時に病死した。

亡くなる直前、お忍びで会いに来た前王と対面し、その時初めて己がガルディス国王の血を引いていることを知ってしまった。

王であった父親は当初ライアンを引き取る意思を示していたが、王妃やレナルドの反発に遭い、それでも王族の証である印を与えることにより、暗に後見になると約束をしてくれた……らしい。

その辺りの事情は子供だったライアンには難しく、その後祖父から聞いたのだが、時折なぜか思い出したように訪ねてくるレナルドの執拗な責めに、自分の存在が望まれていなかったことを思い知った。

元々国同士の政略結婚で結ばれた前王は王妃に対して愛情が乏しかったのか、祭りの際に巫女になったライアンの母親と出会い、愛した。母親が前王の寵愛を受けたせいでレナルドが苦しんだことを子供のころから永延聞かされてきたライアンは、今では異母兄レナルドに対して大きな引け目を感じている。

だから——レナルドが妻のサンドラを妾妃として望んだ時、心のどこかでそれが自分に対する嫌がらせだとわかっていても、頷くことしかできなかった。

しかし、それだけが理由でないことをライアンは自覚している。

両親のことで自分が結婚するなど考えてもいなかったライアンに、祖父の知り合いが持ってきた縁談の相手がサンドラだった。

初対面でサンドラが、

『私はアングラード卿の妻で終わるつもりはないの。いずれはこの国の王の隣に立つつもりよ』

そう言いきった時、驚く以上に安堵していた。結婚しても、愛さなくてもいい。

母親の、愚かなほどの女の姿と、父親の妻の、恐ろしいほどの執愛を背負った姿。そんな二人の姿は幼かったライアンの心に深く刻まれ、女に対して欲情はするが、情愛を抱くことなどないと思っていた。

今でこそルイスにとって悪影響だということは十分わかるが、その時は《愛》というものに不信感を抱いているライアンにとって、ちょうど良い相手なのだろうと諦めていた。

そんな中で知り合ったリンは、あまりにも純粋で、まっすぐで、自分のような人間の側に置いていては駄目だと思うのに、どうしても手放せないまま側に置いてしまっている。

こんなに短い間でルイスも、そして屋敷の人間までもリンに対して好意を抱いた。例外もなく、自分もそうだ。今は、深く愛している。

このままずっと穏やかに暮らせればどんなに良いだろうかと思っていたが、この呪わしい血の災いはどこまでもライアンを追ってきた。それを今夜、この場で、断ち切ってしまうつもりだ。

どのくらい時間が経ったか──扉が叩かれた。ライアンは目を開けて椅子から立ち上がる。

「……ライアン」

廊下から開かれた扉の向こうから中に入ってきた人物が、感慨深い響きを込めて名前を呼んできたが、ライアンの心には少しも響かなかった。

頬に何かが触れた時、リンの意識は浮上していた。身体はとても疲れていて眠りを欲していたが、温もりが遠ざかってしまうことに神経が過敏になっているのかもしれない。

その後、人の気配が部屋から無くなったのを感じて目を開いたリンは、ぼんやりとした視界で周りを見た。

「……こ……こ」

天井を見上げる体勢になったのはもう何度目だろうか。肌に触れる滑らかなシーツの感触に、自宅のものでないことは直ぐにわかった。

（……また、旦那さまのベッドで寝ちゃったんだ……）

身体に負担がかからないようにゆっくりと身体を起こしたリンは、大きく溜め息をつく。

初めてライアンに抱かれた翌朝、側にライアンがいなかったことにリンは心のどこかで寂しいと感じた。

しかし、今日は安堵した。顔を見たら別れの言葉を言うのがつらいからだ。

ライアンに抱かれたことで、リンの中に僅かに残っていた迷いも消えていた。ちゃんと好きだと伝えられたし、ライアンにも、愛していると言われた。

相愛の相手に抱かれた身体は、この先誰に抱かれてもその感触を忘れることはない。

そう自分自身に言い聞かせるようにしながらベッドから足を下ろして立ち上がった途端、

足の間から粘ついたものが腿《もも》を伝うのがわかった。

「……これ……」

まさか漏らしてしまったのかと焦ったが、直ぐにそれがライアンの残してくれた愛の行為の名残だと気づいて頬が紅潮した。

本当ならきちんと身体を洗わないといけないのだろうが、ライアンに抱かれた証が身体に残っていると思うと安心できる。脱がされた服を身にまとい、カーテンを開けてみるとうっすら空は明るかった。もう少しすれば離れの使用人たちがこちらにやってくるだろう。

その前にこの部屋から出なければならない。廊下に通じる扉をそっと開けて誰もいないことを確認してから裏口に向かおうとすると、

「リン」

「！」

朗々とした声に名前を呼ばれ、足が竦んでその場に立ち止まってしまった。

「……ウォルター、さま」

まさかこんな時間、こんな場所にウォルターがいるとは思わず、リンはどう答えていいのか迷う。

屋敷を再び訪ねることは昨夜告げていたが、今リンがやってきた廊下の奥はライアンの部屋しかない。言外に泊まったことを告げたも同然だった。

しかし、ウォルターはその件については何も言わずに、穏やかに笑っている。その顔を

見ていると、少しずつリンの緊張も解けていくような気がした。

「間もなくライアンさまもお帰りになるはずです。部屋でお待ちなさい」

「あ、あの、でも」

「それとも、こんなに朝早くからどこかに行くというんです？」

まさか正直にレナルドの元へとは言えずにリンは俯く。すると、ウォルターはさらに言葉を継いだ。

「あなたも色々考えることがあるでしょうが、ライアンさまを信じることです」

「ウォルターさま……」

ウォルターの言おうとすることはなんとなくわかる。しかし、それではすべての責任を彼に押し付けてしまい、リンはただ守られるだけの存在になってしまう。

これは、リンの問題なのだ。リンにとって大切なのはライアンやルイス、そして家族の幸せだ。そのことで自分の身が犠牲になるなんて思うはずもない。

(兄弟なのに……憎しみ合ってほしくない)

平民にとっては考えられないほどの様々な確執があるのかもしれないが、それでも半分血が繋がっている者同士だ。話せばきっと、わかり合えるはずだと信じている。

ただ、自分が間に入って二人を和解させるという大それた考えは持っていなかった。ライアンに憎しみを抱いているレナルドはもちろん、真意をなかなか見せないライアンもまた、どうしようもない思いを抱いていて、それはリンなどにどうにかできるものではないと思えるからだ。

今、リンにできることは限られていた。

リンは目の前のウォルターを見る。彼の目をかいくぐって屋敷の外に出るのにはどうしたらいいだろうか。

「あ、あの」

「どうしました？」

「……あの、食堂に行ってもいいでしょうか？　お水を……」

「それならば私が」

「いいえっ、自分でできますからっ」

食堂は玄関とは反対の位置にあるせいか、ウォルターはそれ以上強く言ってこなかった。もしかしたら、だるい腰を庇うようにして歩いている姿を見て、まさか屋敷の外に行くとは思わなかったのかもしれない。

食堂に行ったリンは、そのまま厨房に入った。そこには裏門へと続く扉がある。食材を搬入するほか、色んな商人もここからやってくるのだが、もちろんいつもは料理長他数人がここにいるので勝手な出入りはできない。しかし、今はちょうど朝食の準備中で忙しく皆が出入りしていたため、リンは見咎められることなく屋敷から抜け出した。

裏門から外に出ると、いったん家に帰ろうかと思ったが、家族の顔を見てしまうと決心が鈍りそうだ。先ずは返事だけでもレナルドにしようと、リンの足は市場へ向かう。

市場には、早朝に新鮮な食料を城に運ぶ商人がいた。徒歩で城に行くには下半身が疲れきっていて、リンは同行を頼むことにした。商人は渋ったが、リンが髪飾りを代金にと頼み込むと喜んで荷台に乗せてくれた。

それは、ライアンが買ってくれた髪飾りだ。手放すことに躊躇いがなかったとは言わないが、未練を断ち切るためにはよい切っ掛けのように思ったのも確かだった。

「揺れるから、しっかり摑まってろよ！」

「はいっ」

商人が言っていたように、本当に荷台の上は大きく揺れた。

これでは歩いて行くのとどちらが良かったか後悔しそうだったが、それでも徒歩よりは遥かに早く城まで着くことができた。

商人に礼を言ったリンは、裏門の門番に恐る恐る声を掛けることにした。

「あの」

「……なんだ」

裏門とはいえ、城の門番は四人いる。皆、メイド姿のリンを訝しげに見ていた。

「王に、レナルド王にお会いしたいのですが」

「……お前が？」

さすがに馬鹿にしたような顔はされなかったが、それでもまったく相手にしてくれないのは見ていればわかる。おそらく、働き先の屋敷への文句を王であるレナルドに訴えに来たのだろうと思われているのかもしれない。

広く国民に慕われているレナルドには直接嘆願《たんがん》に来る者も多いと聞いていたが、ここで門前払いされては困るのだ。

「あのっ」

「王はお忙しい。嘆願があれば所定の役所に……」

「で、では、アングラード卿の屋敷で働いているリンが来たとっ、お願いです、どうかお取り次ぎを！」

ライアンの名前を出した途端、さすがに無視ができなかったらしい門番の一人が中へと入っていく。レナルドまで話が行くにはどのくらい待てばいいのだろう。それでも、今は待つしかないのだ。

（……疲れた）

眠りが浅いうえ、酷使された身体を荷車で滅茶苦茶に揺さぶられたせいか、リンは疲れきってその場にしゃがみ込んでしまう。

「おい、大丈夫か？」

「……はい、すみません」

気丈に答えるが、愛想笑いも今はできない。気が遠くなりそうだと思った時、門の中から数人の男たちが出てきた。

「お前がリンか？」

「は、はい」

リンは慌てて立ち上がった。

身なりからして、高位の大臣だろうか。壮年のその男はリンの全身を観察するように見る。

「顔色が悪いようだが」

「大丈夫、です」

「レナルドさまがお会いになると言われている。ついてきなさい」

「お会いになってくださるんですか？」

「そう言っている。お待たせしないように早くしなさい」

まさか、こんなにも上手くいくとは思わなかった。もっと待たされると思ったし、変に疑われて拘束される可能性だって考えなくはなかった。

もしかしたら、レナルドはある程度の事情を既に周りに言っているのだろうか。そのせいで、こんなに早くレナルドに直接連絡が行ったのかもしれないと思ったリンは、大きく息をついて男の後をついて歩いた。


ライアンの屋敷を初めて訪れた時も、とても大きくて立派だと思った。だが、当然のことなから城の中はリンの想像を遥かに凌ぐほど巨大で、華美で、厳かな雰囲気が支配している。

天井は高く、太い柱には細かな彫刻が施されている。長い廊下に敷きつめられている厚い絨毯にも贅沢な刺繍が見えた。等間隔に置かれた花瓶に活けられている花は生き生きとして豪華で、こんな短い間でもいかにここが別世界かということをひしひしと肌で感じた。

全身を大きな緊張感と威圧感に押し潰されそうになりながら、リンは案内してくれる男の後ろを足早に歩く。通りすがる召使いたちや身分の高そうな男たちが訝しげな視線を向けてきたが、面と向かって詰問されることはなかった。

「こちらに」

やがて、ある扉の前で立ち止まった男は自らそれを開いてくれる。中は広い応接間のような場所だった。

「あ、あの、ここですか？」

見るからに公《おおやけ》の場所のような気がして尋ね返したが、男は鷹揚に頷いて部屋を出ていってしまった。取り残されてしまったリンは高そうな椅子に座ることもできず、そのまま扉の脇に立って辺りを見回してみる。

この部屋ももちろん、素晴らしいというか……怯えてしまいそうなくらい豪華だ。

リンは自身を見下ろした。支給されている服はもったいないくらい上等だと思うものの、昨夜強引に脱がされたせいで皺が目立つ。この格好で城の中を歩いてきたのかと改めて考えると怖いので、リンは意識的に別のことを思い浮かべるようにした。

（……帰ってきたかな……旦那さま）

夜更けにどこに出掛けていたのかわからないが、ウォルターの言いようでは間もなく帰るようだった。リンが黙って抜け出したことを知ればどう思うだろう。

怒るか、それとも悲しむか。

レナルドに、ルイスの処遇は現状のままだという言質を取った後、改めて屋敷に戻って挨拶をするつもりだが、その際どう言えばいいのかと考えると頭が痛かった。

その時、廊下で何やら騒がしい気配がした。厚い扉の向こうから聞こえるので相当な騒ぎだ。

「な、なんだろ」

様子を見てみようか。

そう考えたリンが扉に手を掛けようとした時だった。突然廊下側から勢いよく扉が開かれ、着飾った美しい女が荒々しい勢いで入ってきた。

「……え？」

「お前……」

驚きが去って改めて女の顔を見上げたリンは思わず息をのむ。そこにいたのは一度だけ見たライアンの元奥方のサンドラだった。

サンドラも、睨みつけるような厳しい目で見てリンのことに気づいたらしい。眉間に皺を寄せ、一瞬訝しげな様子を見せたが、直ぐに何かに気づいたかのようにさらに険しい表情を向けてきた。

「お前、アングラードの屋敷にいた娘ね。ライアンにとりいっただけでは足りず、王にまで色目を向けたなんて……賎《いや》しい女だこと」

「わ、私はっ」

「こんな早朝に王を訪ねて女がやってきたと聞いてまさかと思ったけれど、あのライアンを利用して王に近づこうとしたの？」

「ち、違いますっ」

リンだって、来たくてここまでやってきたわけではない。ライアンやルイス、そして家族を守るために意をけっしたのだ。

そう言い返したかったが、王の妾妃という立場のサンドラに対して食ってかかるわけにはいかない。自分でも考えていなかった言葉をぶつけられ、心に鋭い刃が刺さるような痛みを受けても、リンには耐えるしかなかった。

そんなリンを、サンドラは蔑《さげす》むような眼差しで見ている。そして、手を上げて払うような仕草をして言った。

「さっさと出ていきなさい。王はお前のような女に会っている時間はないくらいお忙しい方なの」

「……」

吐き捨てるような言葉を向けられ、のこのこ乗り込んできた自分が恥ずかしくてたまらなくなる。

リンは頭を下げ、サンドラの脇を通り抜けて部屋を出ようとした——が。

「！」

扉の前に立っていた男の姿に、大きく目を見張って立ち止まった。

「お、王さま……」

レナルドはリンを見下ろした後、部屋の中にいるサンドラに視線を向ける。その眼差しは側で見ているリンの方が背筋が凍るほど冷たいものだった。

「私の客人に勝手に会って何をしている」

そう言いながら、レナルドは自然にリンを背後に庇うように立つ。たった今サンドラが言っていたこととレナルドの行動の差に、リンは戸惑ってしまった。

「あ……違うのですっ、王っ、私はあなたのことを思っているだけで……っ」

サンドラはリンに見せていたのとはまるで違う弱々しい泣き顔を浮かべ、今にもレナルドに縋りつくようにしている。それは、女のリンから見ても庇護欲をそそるほどに哀れで、綺麗な表情だった。

だが、そんなサンドラを見てもレナルドの心は少しも動いた様子はなく、むしろますます厳しい表情になる。

「立場を弁《わきま》えていないのはお前の方ではないか、サンドラ。お前の立場はまだ妾妃にもなっていない単なる私の側仕えの一人だということを忘れてはいないだろうな」

「何をおっしゃっているのですかっ！　あなたはわざわざアングラード卿から奪い取ったほど私のことを欲してくださっているではありませんかっ！」

叫ぶようなサンドラの声にリンは息をのむが、言葉をぶつけられたレナルド自身に少しの動揺も見られない。いや、むしろ先ほどまであった厳しい表情も消え、まるで何の価値もないものを見るかのような冷めた眼差しをサンドラに向けて言った。

「私がいつお前に愛を囁いた？　ライアンの妻だったということ以外、私にとってお前の価値はない。いや、いい機会だ。私欲が強いお前をこのまま側に置いていれば、いつ国に災いを及ぼすか知れん。即刻城を去れ」

「王……」

呆然とするサンドラを一顧たりともせず、レナルドは今度は立ち竦むリンを振り向いた。

「ここに来たということは、諾《だく》という返事を持ってきたということだな？」

「あ、あの……」

確かにそうだったが、たった今レナルドに手酷く拒否されたサンドラを前にして素直に頷くことはできない。

どうしたらいいのかと迷っていると、二人の会話を耳にしたサンドラがいきなりリンの腕を摑んできた。驚いてその顔を見れば、綺麗だと思っていた眼差しが恐ろしいほどの憎悪の色に染まっている。

痛みが走るほど強く摑まれている腕を何とか振りほどこうとしたが、サンドラはますます手に力を込めてきた。

「……いつの間に王にとりいったの？」

「え、い、いえ、私はっ」

けして自分からレナルドに迫ったわけではないと言おうとしたが、サンドラの剣呑《けんのん》な雰囲気に言葉が出てこない。

「いつもは頑固者のウォルターと小煩いレジーヌが決めている使用人を、今回に限ってライアンが勝手に連れてきたと聞いた時からおかしいと思っていたの。お前、どんな手を使ってライアンを誘惑したの？　その身体で、我が王まで奪おうとするの？」

激しい口調ではないのに、鬼気迫る形相で問いかけてくるサンドラが怖かった。いや、それだけではない。とうに屋敷を出ているはずの彼女がどうやってリンがあの屋敷で働くようになったのかを知ったのかと思うと、一緒に働いていた仲間を疑ってしまいそうになるのが嫌だった。

彼女の頭の中でどれだけ自分が悪女になっているのかわからないが、それほど思いつめているサンドラを何とか説得しようとリンはようやく言葉を押し出した。

「私は、けしてあなたから王を奪おうとは思っていません。私が好きなのは……っ」

（好きなのは……旦那さまだけ）

ライアンの名前を言おうとするが、横顔に向けられるレナルドの視線に躊躇ってしまう。

今ここでライアンの名前を言ったりしたら、彼はレナルドから罰を受けたりしないだろうかと不安になった。

リンにはわからないところで、ライアンに対して強い敵愾心《てきがいしん》を持っているレナルド。異母兄弟だというのにそこまで憎み合っているのが悲しいが、それをどうにかするなどというおこがましいことはリンには言えない。

それでも、できる限り諍《いさか》いの種をまきたくないと思ってしまうのだ。

(レナルドさまを怒らせてしまうと、私がここに来た意味がなくなってしまう)

「お前が好きなのは？」

「……」

「やはり、王と言うの？」

「ち、違いますっ」

咄嗟に反論したが、慌てて口を閉ざす。どうすればいいのか、リンは思わず一番頼りたい人の名前を心の中で叫んでいた。

(旦那さま……っ)

トントン。

「！」

その時、まるでリンの叫びに呼応するかのように扉が叩かれた。

慌てた様子もなく、規則正しいその音にリンだけでなく、レナルドとサンドラの意識も向けられる。

　そして――。

「……旦那さま……」

　ゆっくりと開けられた扉の向こうから現れた姿に、リンの目から思わず涙が零れてしまった。

　単身部屋の中に入ってきたライアンの眼差しが、最初にリンに向けられる。いつも優しい眼差しが、その時ばかりは暗く怖いものに見えてしまい、リンは無意識のうちに身体が強張ってしまった。

　それはサンドラも同様で、ライアンの顔を見た途端慌てたようにリンの腕から手を離して後ずさっている。怒りで支配されていたサンドラさえも怯むような迫力を背負いながら、ライアンは真っ直ぐにリンの前に歩み寄った。

「待っているように言ったはずだが？」

「だ、旦那さま」

「ここは私の部屋ではないよ」

「……すみません、私……っ」

　目だけは厳しい光を帯びたまま、口調はいつもの飄々としたものだけにいっそう彼の怒りが身に沁みる。リンは言い訳もできず、服を強く握りしめて俯いた。

　すると、しばらくして頭上から大きな溜め息が聞こえてきた。

「しかたがない。鎖に繋いでおかなかった私の方にも落ち度はあったしね」

「！」

とんでもない言葉を聞いた気がしてハッと顔を上げると、自分を見下ろしてくるライアンの目には怒りとは別のほの暗い熱が見える。咄嗟に後ずさりかけたリンの腰を奪うようにして抱き寄せたライアンは、ようやくそこで初めてレナルドへと顔を向けた。

つられるようにして見たレナルドの表情はとても厳しく、先ほどまでのサンドラへ向けていたものとはまるで違う。

初めて目の当たりにする異母兄弟の対面に、リンは自分までも緊張して心臓が痛くなる気がした。

「どうやってここまで来た」

最初に口を開いたのはレナルドだった。

「城内にやすやすと不審者を忍び込ませるとは、兵士たちを改めて鍛え直さねばならんな」

言外に、ライアンの血を否定するようなことを言うレナルドに、リンは思わず言い返そうとする。しかし、その前にライアンが宥めるように背中を撫でてきた。

「大丈夫だ、リン」

「旦那さま……」

ライアンの気持ちを思うと泣きそうになるが、彼はそんなリンにからかうような笑みを向ける。

「私の言いつけを守らなかったことへの君への教育はまた後で」

「え、あ、あの」

とにかくここにいることへの理由を何とか説明しようとしたリンの言葉を制し、ライアンは黙ったまま睨んでくるレナルドへ皮肉気な笑みを向ける。

「私の知らない間に手を回そうとするなんて、何時になく姑息《こそく》な真似をするものですね。もしかしたら彼女に本気になりましたか？」

「何を勝手なことを……」

「レナルドさま、お遊びはほどほどになさった方がよろしいのではありませんか？　サンドラの時も、臣下の方々から随分意見されたのでしょう？　ああ、あなたの父君にも」

その時、リンはレナルドの表情が大きく崩れたのに気づいた。

それまで、どちらかといえば高圧的な眼差しをライアンに向けていたのに、なぜいきなり感情が揺れてしまったのだろう。

だが、何も知らなくて戸惑うリンとは反対に、ライアンはまるでレナルドのその反応を予期していたかのように目を細め、さらに胸元から一通の封書を取り出しながら言った。

「レナルドさま、私はあなたの方から接触してこなければ何も言わず、何も主張する気はありませんでした。サンドラを召し上げると告げられた時も、あなたの意図に気づきながら従った。ですが、ルイスはもちろん、リンにまでその手を伸ばすというのなら、私はあなたと徹底的に向き合うつもりですよ。その証がこれです」

ライアンが差し出す封書を、レナルドはただ見つめている。

「どうしました？　ここに書かれていることを予期しているんですか？」

「……お前」

「切り札を持っているのがご自分だけだと思わないことです」

そこまで言われたレナルドは、奪うようにしてライアンの差し出していた封書を手にした。そして、その場で中を取り出した。

何かを読むように動かされていた目が、突然驚いたように見開かれる。弾けるように顔を上げてライアンを見つめるレナルドの顔色が先ほどまでよりもいっそう青くなったのがわかった。

「お前……っ」

やがて、絞り出すように呻いたレナルドが、手にした封書を握り潰した。

凄まじい怒りを含んだその声にリンが肩を揺らせば、まるで守るようにライアンに抱き寄せられる。

「わかりましたか？」

「……っ」

「あなたが引き下がれば、私はそれを公表する気はありませんよ。元々、権力にも血にも執着はしていなかった。そんな私が唯一手放せないと思った者たちに手を出したあなたが悪いんです」

「……その娘に本気だというのか」

ようやく言葉が出てきたレナルドに、ライアンは直ぐに返す。

「はい」

「……」

飛び交う声は互いに淡々としているが、リンにはかえってそれが恐ろしかった。

ガルディス国の王であるレナルドと堂々と渡り合っているライアンが、今まで自分が知っていた屋敷の中の彼とまったく違う顔を見せる。どちらの彼が本当の彼なのか、リンは自分の目に自信がなくなってしまった。

ライアンが自分のことを助けにここまで来たことはわかるのに、レナルドを追い詰めるその様が妙に楽しげに見えてしまうのだ。

彼はそんな人ではないと思うのに——自分のしたことがこんなにもライアンを追い詰めてしまったのかと思うと、リンは後先考えずに行動してしまった自分を責めるしかなかった。

想像した以上に、ライアンの持ってきた切り札はレナルドに効いたようだ。

青ざめた顔を見ているだけで笑い出したくなってしまうのを堪え、ライアンはさらに告げる。

「レナルドさま、私が目障《めざわ》りならば目を背ければいいだけの話です。もちろん、このリンも含めてですが」

ライアンはリンを見下ろした。ライアンの怒りを肌で感じているのか、先ほどから身体を強張らせたまま言葉も出ないリンは、それでも縋るように自分を見上げてきた。

（……本当に、可愛いね、リン）

素直で、愛情深くて、自己犠牲も厭《いと》わないリン。

しかし、昨夜あれだけ抱いた後で、城に行けるほどの体力が残っているとは思わなかった。帰宅した屋敷で、青ざめたウォルターの顔を見た瞬間に自身の甘さに苦い思いを抱いたくらいだ。

いや、実際にこの場でリンの姿を見るまで、今まで感じたことのない焦燥に駆られてしまっていた。

これでも、人の感情の機微に疎い方ではない。リンが何を考えているのかは抱く前からわかっていたが、それでもライアンとの言葉を裏切ってレナルドの元へ行こうとした彼女を簡単に許すわけにはいかなかった。

リンの性質を愛してはいるが、それはあくまでもライアンの側から離れないという前提のものでなければならない。

もちろん、愛しいリンを傷つけることなどするわけがないが、その心に、身体に、ライアンと離れることなどできはしないということを刻みつけるつもりだ。

焦りは苛立ちに変わり、続いて理不尽な怒りへと変わっていく。

その前に、目の前の男をさらに追い詰めなければ。

「おわかりですか？」

「……父上は、自らこれを、お前に？」

「あの方も、私に多少は負い目があるのでしょうね」

人生でただ一人愛した女との間の子供。言葉にすれば聞こえはいいが、単なる日陰の、厄介な存在でしかなかったことに間違いない。

愛しているというのなら、どんなことをしてでも手放さなかったら良かったのだ。十歳の時に亡くなった母は物静かな美しい人だったが、可哀想な人だった。

そんな母を見ていたからこそ、王妃に反対されたくらいで、愛した女を守れなかった父と同じ轍《てつ》を踏むなど絶対にしないつもりだ。

（まあ、あれを読んでまた突っかかってくることはないだろうが）

レナルドに渡した封書の中には、一通の覚書が入っていた。それは前王、レナルドとライアンの父と呼ばれる男の手によるものだ。

それには、ライアンが真実己の嫡子であるということと共に、今後も後見に付くということ。

王位の継承争いにライアンを巻き込まぬこと。

レナルドの、ライアンに対する執拗な嫌がらせを咎めること。

それでもなお、レナルドがライアンやその周りに害を及ぼそうとした際には、レナルドが己の血を引いていない非嫡子であることを公にすること――が直筆で書かれている。

レナルドが父の子ではないということをライアンが知ったのは本当に偶然だった。

母が亡くなり、ライアンを引き取るかどうかの話が出て城へ連れて行かれた時、泣いて父に抗議する王妃の言葉の中にそれがあった。二人とも、子供だから意味がわからないとでも思ったかもしれないが、妙に達観していたライアンには十分理解できたし、かといってそれを公言しても己に何の利もないこともわかっていた。

だいたい、王の嫡子と言われても、数度しか会っていない男を父親だと受け入れることなどできるはずがなかった。

その時自分が知ったことは永遠に黙っているつもりだったが、今回レナルドがルイスを呼び、リンにまで手を出そうとしたのを踏まえ、ライアンは強力な切り札をこの手に持つことに決めた。

『私に対して罪悪感を覚えるなら、一筆書いていただけませんか？　……我が子を愛おしいとお思いなら』

深夜、父とその妻、前王妃が暮らす離宮に押し掛けたライアンは淡々と父に告げた。

いつでも訪ねてくるようにと言われていたが、まさかあんな時間、あんな用件で来るとは思わなかったのだろう。その説得に思いがけず時間がかかってしまい、そのせいでリンが城にやってくることになってしまったかと思うと忌々しくてしかたがない。

(それでも一応書いたということは、私に負い目があるということだろうな)

政略結婚だったせいか、父は当初王妃に対する愛情が乏しかったらしい。若くして嫁いできた王妃はそんな父の態度に不安と苛立ちを募らせ、人知れず城に出入りをしていた商人と情を交わしてできたのがレナルドだった。

王妃が懐妊する前後、国外へと視察に出ていた父は己の血を引く子ではないと確信したが、今にも死にそうなほど憔悴し後悔している王妃を前に、自身の態度を反省し、黙って腹の子を己の子だと受け入れた。

だが、それ以降なぜか二人の間に子はできず、日々己以外の面影を見てしまうレナルドと、卑屈すぎるほど顔色を窺ってくる王妃と共にいるうちに父が癒しを求め、出会ったのがライアンの母だった。

父としては、王妃の座はそのままに、ライアンの母を妾妃として迎え入れたいと思ったらしいが、父の子を身ごもることができなかった王妃の嫉妬が凄まじく、結局母は城に上がることなく、後に病で短い生涯を終えた。

その後、他国から迎え入れた妾妃がエリックを産んだというのも皮肉な話だ。

複雑な生い立ちの二人の息子の存在から逃れるように父から甘やかされたエリックは、いまや遊び人と噂の高い人物になり果てた。そんな男だからこそ、見掛けだけに惑わされ、仮にもライアンの妻だったサンドラに手を出したのかもしれない。

レナルドがルイスを引き取るといったのも、己の姿を重ねたのかも……しれない。

どちらにせよ、レナルドがライアンに絡んでこなければ、ライアンもこれらの話を口外するつもりはなかった。自分が前王の長子とわかれば余計なしがらみが生まれてくるだけで、今の生活を手放したくないライアンにとってはいい迷惑だ。

しかし、レナルドがあくまで王としての権利を主張するなら話は変わる。

代々直系の血族を王としてきたガルディス国の現王が、前王とまったく血が繋がらないとわかれば、国が揺れる大問題になる。いくら賢王と崇められるレナルドといえど、無条件でその地位に居続けることは不可能だろう。

ライアンはじっとレナルドの顔を見た。

青ざめ、うち震えているものの、声高に嘘だと言わないのはレナルド自身がこの事実を知っているか、もしくはその疑いを持っていたからかもしれない。実際、ライアンは父の面影が色濃いが、レナルドはまったく似ていないのだ。

それでも、レナルドが父を尊敬し、さらには国政に真摯に取り組んでいることはわかっている。ライアンとその母に関すること以外、本当にレナルドは良い王だった。こんな色恋沙汰で出生の秘密を公にされる危機を迎えるのは本意ではないだろう。

ライアンは、今後もレナルドの嫌がらせが自身に向けられるのにはまったく構わないが、リンからはきっぱりと手を引くという言質を取らなければ非常手段に出ることも厭わない。

「あなたは賢い方です。ご自身がどうすべきか、もう答えは出ているでしょう？」

「……ライアン……ッ」

「返事は今夜聞きに参ります。その前に、私は彼女に今回約束を破ったことへの苦情を伝えなければならないので」

そう言って、ライアンはレナルドが握り潰している封書に視線を向ける。

「それ、破棄しても構いませんよ。何度でも足を運んで書いてもらいますから……あの人が生きている間にね」

脅しを付け加え、リンの肩を抱くようにして部屋を出たライアンは、外に控えていた臣下や近衛兵を一顧たりともせず歩き始める。

「だ、旦那さまっ」

その歩きについてこれず、半ば早足になっているリンが声を掛けてくるが、今のライアンは一刻も早く城から出たかったので歩みを緩めるつもりは毛頭なかった。

「リン、私は怒っているよ」

「！」

「君がここに来たのが私のためだとしても、一時でも私以外の男に抱かれる覚悟をしたというのが……なんとも。案外、嫉妬深いようだ」

それまで、これほど愛しい相手がいなかったライアンは、情を交わした相手にもまったく執着したことがなかった。サンドラがレナルドに奪われた時もだ。

だからこそ、今こんなに憤っている己が新鮮だし、この先こんな思いを感じたくない。

リンにはその辺りをしっかりとわかってもらわなければならなかった。

「ライアン！」

その時、背後から名前を呼ばれた。

聞き覚えのあるその声は珍しく焦っていたが、ライアンの足は止まらない。

「旦那さま、あの、奥さまがっ」

リンは背後を気にしているが、ライアンが気になったのは一つだ。

「リン、彼女はもう私の妻ではないよ」

「あ……」

「私の妻になるのは君だ」

「旦那さま……」

「私はもうずっと、芝居をしているつもりはなかった」

しばらくして、リンの手がライアンの服を摑んでくる。

「……私も……」

「……」

「……私も、お芝居のつもり、ないです」

リンにしては精一杯の告白だろう。こんな時だというのにライアンは笑み崩れる。

「ああ、わかっていたよ」

リンの目も、言葉も、態度も。素直にライアンへの気持ちを伝えてくれていた。

その心に他の男への思いを……それがどんな種類のものでも欠片もなくなったうえで受け入れてくれるのだと思うと、ライアンは小躍りしたくなるほど嬉しかった。

第九章

ライアンと共に屋敷に戻った時、心配そうな顔をしたウォルターとレジーヌを前にリンは泣きそうになりながら頭を下げた。

「すみませんでしたっ」

「リン」

「私、私っ」

いくら追い詰められていたからと言って、気遣ってくれたウォルターを騙すように屋敷から出てしまった。そのことについては何度謝っても足りない気がする。

それなのに、彼は安心したかのように頬を緩めて言ってくれるのだ。

「ライアンさまが間に合われたようで良かった」

「は……い」

「リン、不安に思うことも、恐れることも、すべて自分だけが抱えているのが美徳ではありません。愛する者がいるのなら、互いに言葉にし、話し合ってわかり合わなくては」

ウォルターの言葉にリンは何度も頷いた。

「あの、ルイスは？」

「本日リンは休みだと伝えてあります。寂しそうでいらっしゃいましたよ」

「……」

（ルイス……ごめんね）

胸が痛い。もしもあのまま城に行くことになっていたら、この痛みがずっと続くところだった。

寸前で引き止めてくれたライアンに、心から感謝をしなければならない。

だが、リンがそれを伝える前に、ライアンはウォルターに向かって言った。

「今から部屋に行く。私が呼ぶまでは誰も近づけないように」

「かしこまりました」

リンのせいで早朝から忙しくさせてしまったので、今から休むのかもしれない。申し訳なく思いながらリンもライアンを見送ろうとしたが、なぜか腕を掴まれたまま自分も歩く羽目になってしまった。

「あ、あの？」

着替えの世話をするのだろうか。そんなことを考えているのが表情でわかったのか、頭上のライアンが笑う気配がした。

「さっき言ったこと、もう忘れたのかな」

「え？」

「待っているようにと言った私の言葉を破ったことへの謝罪をしてもらわないと」

そこでようやく、リンはライアンがまだ怒っていることに気がつく。

城を出た時も、そして屋敷に戻った時も、レナルドと対峙していた時の剣呑な気配が嘘だったかのようにいつもの彼に戻っていたが、リンが犯してしまったことへの怒りがなくなったわけではなかったのだ。

途端に、ライアンの側にいることが怖くなってしまったが、有無を言わさないように強く腕を握られてしまい、半ば引きずられるようにしてライアンの部屋に連れ込まれた。

「だ、旦那さま」

「……」

ライアンは居間で足を止めず、そのまま寝室へと向かう。

(まさか……)

昨夜散々啼かされた身体は、いまだ芯に熱を持っている。その上また抱かれてしまったら、今度こそ動けなくなってしまうかもしれない、
どうにか話し合いで終わらないかと望むリンは、ベッドの側まできてようやく足を止めたライアンに抱きしめられた。

「……間に合ってよかった」

その、本当に安堵したという響きがこもる言葉に、リンは胸を鷲摑みにされる。不用意な自分の行動でどれだけライアンを苦しめてしまったか、謝罪する言葉もなくて自分から

もおずおずと広い背中に手を回した。

「ごめんなさい……」

「……」

「ごめんなさい、私……」

自分には手に余る話だったのに、ライアンに相談もせずに勝手に諦め、勝手にレナルドの元へ行こうとした。結果的にライアンが止めてくれたが、想いを交わした相手に対してとても酷いことをしたのだ。

レナルドに対しても、愛してもいないのに側にいようとしたことはとても失礼で、自分さえ我慢すればいいと思ったこと自体傲慢だった。後悔してもしきれない気持ちに、リンはただ謝罪の言葉を言うしかできない。

「私、ルイスを……ルイスを、あなたの側から引き離されたくなくて……」

「リン……」

今となっては自分の暴走だったと思えるが、それでもあの時の自分はライアンとルイスを守るための方法は一つしかないと思い込んでしまった。

「それに、あの、いただいた髪飾りも勝手に売ってしまって……ほんとうにごめんなさい」

申し訳なくて顔が上げられないでいると、頭上でライアンが笑う気配がした。

「これからずっと一緒にいてくれるんだろう？　また君に似合うものを二人で選べばいい

い」

ライアンの手で上を向かされてしまい、逸らすことのできない視線に囚われた。ライアンの綺麗な碧の瞳の中には、先ほど見えたほの暗い光はない。だが、明らかに熱を孕んだ眼差しに、リンも頬が熱くなった。

(私……)

こんなふうに感じてしまう自分が信じられない。昨夜抱かれたばかりで、身体はもう十二分に満たされ、疲れている。

それなのに、ライアンに全身で求められると、拒否するという考えはまったく浮かばなかった。

「私が側にいてほしいのは、ルイスだけじゃない」

「……」

「リン、君もだ」

優しい声で名前を呼ばれ、そのままくちづけが落ちてくる。目を閉じてそれを受け入れたリンは、促されるように軽く舌で唇を舐められて少しだけ開いた。途端に入り込んできた舌は我が物顔に口腔の中を弄り、舌を擦ってくる。

「ふ……んぅ、んんっ」

ライアンのする通りにそれに応えていたものの、休みなく弄られて息が上がってしまい、首を横に振ってくちづけから逃れようとした。だが、いつの間にかライアンの手が後頭部を抱いていて、リンは思うように動けない。

（く、苦し……っ）

広い背中を拳で叩いて苦痛を訴えると、ようやくライアンはくちづけを解いてくれた。しかし、今度は耳たぶを食まれ、舌で舐められる。くちゅりという湿った音が耳に響いて背中が震えてしまい、足には力が入らなくなった。唐突にその場にしゃがみ込みそうになった時、ライアンがすくうように腰を支えて抱き上げ、そのままベッドに下ろされた。

圧し掛かるライアンを仰向けになった状態で見上げるのは何度目だろうか。

ぼんやりと考えていたリンだったが、胸を摑まれて揉み上げられた途端、昨夜の甘い苦痛を思い出した。

「だ、駄目ですっ」

思わず叫ぶと、ライアンは目を細める。

「私に抱かれるのが嫌か？」

「ち、違いますっ。だって、昨夜も、私っ」

ライアンに抱かれることが嫌なわけではない。ただ、昨夜抱かれてから立て続けの上、今は日も高い。この部屋の外、屋敷の中では他の使用人たちが立ち働いていて、ルイスだって――。

リンは何とか自分の気持ちを伝えようとするが、先ほどのくちづけの余韻のせいか言葉が上手く出てこない。それでも、たどたどしい言葉の中で意味を読み取ったらしいライアンは、なぜか楽しげに笑った。

「ちょうどいい。君と私の関係をわざわざ説明しなくてもわかってもらえるということだ」

「旦那さまっ」

「リン、私は君を日蔭の身にするつもりはないよ。私の妻として、ルイスの母親として、堂々と私の隣に立ってもらうつもりだ」

「そ、それって……」

「改めて言うよ。結婚、してくれるね？」

とても断るとは思ってもいないような、自信たっぷりな言葉に、リンはどう答えていいのかわからなかった。

ライアンのことを好きになり、彼からも愛されて幸せだと思う反面、あまりにも身分が違いすぎるせいで恋人はおろか、結婚などまったく考えもしていなかった。

こんなふうに求婚されて、胸がいっぱいで即答できない。

「嫌だと言ったら、このままここに閉じ込めておこうか」

笑いながら言われたせいか、リンは当然冗談だと思う。しかし、身を起こしたライアンが手を伸ばし、その手に細長い布のようなものが見えた時、リンはわけのわからぬ恐怖にベッドの上で身体が強張った。

「どうした？」

「そ、それは？」

「ああ、これは君が逃げてしまわないようにね。今から嫌というほど可愛がってあげるつもりだから、大人しくしてほしいんだ」

「ま、待ってください、私、逃げたりしませんっ」

「今朝は君の言葉を信じたけれど、今は少しだけ疑ってしまうんだ。リン、存外、私は弱い男なんだよ」

――そんなことを言われてもなお、リンには嫌だと言うことはできない。ライアンがここまでするのは、初めに自分が約束を破ったせいなのだ。

「リン」

ライアンの言葉に、リンは強く目を閉じた。


「あ……っ、や、やぁっ」

泣いて訴えても、陰唇を弄るライアンの舌は止まらない。足を閉じようにも腿をしっかりと押さえられていて、なすすべもなく一番恥ずかしいところをさらけ出している状態だった。

目を逸らせばいいだけだったが、リンは涙で滲む目で自身の下肢へと視線を向ける。足の間に伏せられた黒髪。何をしているのか、この身体で感じている。

「んっつ、あんっ」

解すというよりも、愛撫を与えているという濃厚な舌戯だった。襞を分け入るように舌は動き、くすぐるようにそのもっと奥へと尖らせたそれが入ってくる。こんな場所を口でなんて、ライアンと身体を重ねるまで想像もしていなかったリンには何回されても慣れない行為だったが、次第に身体が感じて濡れてきているのは、舌を動かす度に大きくなる水音で嫌でもわかってしまった。

服は、自分から脱いだ。いや、震える手で何とか服を脱いだ途端、下着は乱暴な勢いでライアンが剝いでしまった。身体にはそこかしこに赤い印が刻まれていて、昨夜どれほどライアンに愛されたのかが見ただけでもわかる。

ライアンはそこに、新たなくちづけの印をつけていった。

その時、両手を縛られた。痕がつかないようにしてくれているのか、布はとても柔らかく、縛り自体はもしかしたら力を入れたら解けるくらい緩い。それでも、ライアンに身も心も縛られているという状況はリンを昂らせた。

こんなことは普通ではないと思うのに、それでもライアンがすることはすべて受け入れようと思えた。

「ん……あぁっ」

乳房を揉まれ、乳首に吸いつかれ、歯を当てられた時は痛みと恐怖で涙が止まらなくなった。

ライアンの手つきはとても丁寧だし、優しかったが、城で初めて見た彼の恐ろしい表情と、有無を言わせない威圧感を強烈に感じて、止めてとはっきり言えなくなってしまった。

頼りない裸身を晒す自分とは裏腹に、目の前のライアンはまだ上着を脱いだだけの格好だ。肌に触れるのが相手の素肌ではないというのが心細く、寂しい。温かい肌で抱きしめてもらえれば、それだけで安心できるのに。

「だ、旦那さまっ」

リンの気持ちに、ライアンはきっと気づいているはずだ。それなのに、リンの下肢から顔を上げようとはしない。

（こんなの……っ）

これでは、ライアンに一方的に愛されているだけで、そこにリンの意思などまったく必要ないと言われているようだ。リンだってライアンを感じさせたいし、互いに高まりたい。

性器への愛撫はもちろん生理的に感じるが、そこに気持ちという精神的なものも欲しいのだ。

「昨日擦りすぎたせいかな、まだ赤みが残っている。……ああ、私のものが少し滲み出ているな」

ようやく顔を上げたライアンのその言葉に、リンは息をのんでしまった。

ライアンが言う通り、昨夜何度も彼の大きな陰茎で擦られたそこはまだ腫れているだろうし、実際痺れが残っている。それだけでなく、まだ中にはライアンの吐き出した精液も残っているはずだ。そんな中で、足を広げていること自体眩暈がするほどの羞恥に襲われるが、それを押し殺してでもライアンを受け入れたいという覚悟はしたつもりだった。

レナルドに、あそこまで敵意を向けたのはすべてリンのためだ。その誠意に、愛に応えなければと思っている。

――だが、こういったことに慣れていないのでどうしても受け身になってしまうのはしかたがないし、実際両手を縛られている状態では何もできなかった。

「……リン」

ライアンの唇が濡れているのは何のせいか、考えることもしたくない。それがゆっくりと自身のそれに重なってきて、入ってくる舌を目を閉じて受け入れた。

下肢には指が伸びてきて、既に一本中に押し入ってきている。ちょうどよく解れているのか痛みは感じず、襞を刺激するように中で動く指に意識を向けていると、唐突に二本目が入ってきた。

「濡れているせいか、直ぐに絡みついてくるな」

「んぁっ」

ライアンはそう言うものの、さすがに痛みと圧迫感が大きくなり、頭を振った途端に解放された唇から声が漏れる。

すると、ライアンが汗で肌に張り付いてしまった髪をかき上げてくれながら、顔を覗きこんできた。

「きつい？」

ライアンの目の中には確かに熱があるのに、その口調はいつもと変わらない。

「でも、止めないよ」

それなのに、リンには彼の追い詰められている心が見えるようだった。

思うようにリンを抱くことでライアンの中の飢餓感と恐怖が消えるのなら、何だってしてあげたいと思う。

リンは嗚咽を堪えながら足を開いた。奥深くライアンを受け入れられるように、拘束されている腕の代わりに彼を抱きしめることができるように、今にも閉じたくなる足に力を入れてライアンの指を飲み込む。

中の指はそれぞれ別の動きをしながら襞を刺激して、時折掠める場所に身体の奥が痺れるような感覚を覚えた。彼が言ったように、中は吐き出されて精液で濡れていたせいか、心なしか指の動きは滑らかだ。

ライアンは続けざまに同じ場所を弄ってきて、リンは身を震わせながら声をあげた。

「あぁっ……！」

固く閉じた瞼の裏がチカチカとして、下肢がぐったりと重くなる。

「気をやったようだね」

「……わた、し」

「リンの気持ちが良い場所はしっかり覚えないと」

もちろん、開発もしないといけないなと楽しげに言われても、何と答えていいのかわからない。

「……あぁ、たっぷり濡れているな」

言葉と同時に指を動かされ、その通りに淫らな水音がさらに大きくなったような気がした。

心なしか漏らしたかのように尻の下も濡れていて、リンは居たたまれない気持ちになる。少しでもライアンの目から隠すように身体をずらそうとすると、彼は縛った腕を目の位置まで持ち上げ、そこにくちづけをした。

「あ……」

そのまま、布を外してくれる。緩く縛られていただけのそこには僅かな痕しか残っておらず、最後までこの状態だと覚悟していたリンは、なぜ外してくれたのかとかえって不安になってしまった。

「この後、痛みを与えるから」

「……え？」

「香油を使わないから、いつも以上の痛みを感じるはずだ」

「いつも、以上？」

経験したことのない痛みを想像したせいで、リンの声が恐怖のために震えてしまう。すると、ライアンは顔に優しいくちづけを降らせた後、片足を抱え上げながら告げてきた。

「今日は、私たち以外のものを介したくないんだ。……リン、私の我が儘をきいてくれないか？」

「……旦那さま……」

真摯なライアンの頼みを断るなんてできるはずがない。与えられる痛みがどれほどのものかわからないが、それを受け入れることが今回、黙ってレナルドの元へ行こうとした自分への罰のように思えた。

頷いたリンを見たライアンは、目を細めてようやくズボンの前を寛げる。そこから下着をずらし、既に勃起している陰茎を取り出した。

「……っ」

それは支えが要らないほど勃ち上がっていて、何度か擦り上げただけで先端から先走りの液が溢れ始める。淫猥な様相を見せるそれは、これからの痛みを考えていたせいか今までで一番大きく見えてしまった。

（ほ、本当に、入る？）

滑りを助けてくれる香油もないのに、この陰茎が身体の中に入ってくることが想像できない。

ライアンはそれから何度も陰茎を擦り、その大きさはまるで倍になったかのようだ。息をのみ、固く目を閉じたリンの身体は返され、うつ伏せで腰を高くするという動物のような体勢を取らされる。

「この方が、少しは楽だと思うからね」

ライアンの声が背中を撫で、やがて濡れた陰唇に熱いものが押し当てられた。固くて熱い存在感に足が攣り、シーツを握りしめる手に力がこもる。

「リン」

「は……っ」

「愛しているよ」

背中に、唇が押し当てられる感触がしたと同時に、

「んあっ……！　あっ、はぁっ」

一気に、先端が押し入れられた。口を突いて出そうなほど長大なものが、身体の中心を貫いているのがわかる。

（い……たいっ）

引き攣れるような痛みで下肢の感覚がなくなりそうだ。ライアンが指や舌で慣らしてくれたはずなのに、それがまったくなかったかのようにしか思えない。

「リン、リン」

痛いほど締め付けているせいでライアンにも相応の痛みがあるはずなのに、名前を呼んでくれるライアンの声は優しく響く。それが少しずつだがリンの身体から強張りを解いてくれ、何とか息を吐き出せるようになった頃だ。

「まだ、先端しか入っていないから」

「……嘘……」

「我慢、できるね？」

頷く間もなく、強く腰を摑まれたと同時にさらに奥へと押し入ってきた。陰唇、そして襞をかき分けるように入り込んでくるものは、優しい言葉とは裏腹に容赦なくリンの内部を犯していく。

擦り上げられ、捏ねられて、徐々にだが中は解れてきた。

すると今度は、ねっとりと襞がライアンのものに絡みついていくのがわかり、リンは貪欲な自分の身体の反応に居たたまれなくなった。

「だ、旦那、さまっ」

(見え、ないっ)

目を閉じているからだけではなく、伸ばした手が冷たいシーツしか摑めないのが寂しくてしかたがない。痛みなら、耐えられる。しかし、肌の温もりがないのは、悲しい。

もしもこれが、ライアンとの約束を破った罰なのだとしたら、ライアンの考えている以上にリンには最大の効果があった。

「リン、名前を呼んでくれ」

「え……あんっ」

催促するように中を突かれ、リンはライアンの言いなりになるしかなかった。

「……ン、ライアン……ッ」

リンはライアンの名前を呼ぶ。お願いだから、手の届く場所にいてほしい。

「ライアン、ライアン……」

普段ならとても呼び捨てにできないのに、朦朧としているリンはただ愛しい名前を呼び続けた。

(お願い……っ)

その時だった。

「！」

シーツを握りしめる手に大きな手が重なったかと思うと、首筋に、背中に、何度も唇が押し当てられた。ライアンが動くごとに中を突く陰茎の角度が変わってしまい、その度に身体がうち震えていると、ゆっくり身体が仰向けに返される。

「ひぁうっ！」

中に入ったままの陰茎がずるりと動き、リンは再び昂った。

「……リン」

「はぁっ、はぁっ、はぁっ」

「リン、リン」

何度も名前を呼ぶ声と頬や唇に降ってくるくちづけにようやく目を開くと、真上から碧の目が自分を見つめていた。

「……ラ、イアン……」

「すまなかった」

（……どうして？）

ライアンが謝ることなどないのに、どうしてそんな顔をしているのだろう。

「酷くしすぎた」

「……ひ、どい？」

「君がどこまで私を許してくれるのか、試すようなことをしてしまった」

思いがけないことを言われ、リンは目を瞬かせた。まったく考えてもいなかったことに、ただ真っ直ぐライアンを見つめる。

「……リン、こんな情けない私でも、愛してくれるかい？」

もちろんだ。リンは迷うことなく頷いた。

「本当に？」

リンはそれでも頷く。

「結婚、してくれるね？」

結婚。結婚したら、ずっとライアンと、ルイスと一緒にいられるのなら。

冷静に考えたら、それがどんなに大変なことかと即答などとてもできないはずだが、今のリンにとってライアンはただの最愛の人だ。

頷くと、ライアンが嬉しそうに笑ってくれる。ずっと、自分がこの顔にさせることができるのなら嬉しい。

「……す、るっ……あんっ」

「リン、愛しているっ」

「わ、私、もっ」

手を伸ばし、しっかりとライアンの背中を抱きしめた。ライアンの顔を見て、身体に触れることができて、身体を合わせているということが本当に嬉しくてたまらない。

「あっ、あぅっ、やあっ」

身体の奥深くを熱い肉茎がいっぱいに支配し、リンの身体を淫らに変容させていく。痛みはとうに無くなって、今は気持ち良さしか感じないリンは声を堪えることもなく嬌声をあげた。

ライアンの腰に足を回し、さらに互いの腰を密着させる。

「リ、ンッ」

自分がこんなにも淫らになるなんて信じられなかった。この行為は恥ずかしいもので、声をあげることさえも躊躇っていたはずなのに、今は声を出せば出すだけライアンへの思いが強くなる気がする。

「す、きっ、好き……っ」

ただそれしか言えなくて何度も繰り返すと、ライアンに痛いほど抱きしめられる。そして、熱い彼の吐息が耳をくすぐった。

「愛してる……っ、愛しているっ、リンッ」

「私っ、私もっ」

もう、気持ちを抑えなくていい。

リンは嬉しくて、泣きながら笑った。

互いの律動はやがて協調していき、二つの身体が溶け合う。

激しい揺さぶりの後、最奥を熱い飛沫で濡らされた時、リンは気が遠くなるほどの幸せを感じていた。

・

ベッドから身体を起こした時、既に窓の外はほの赤く染まっていた。

いったい何度交わったのだろうか。こんなにも自分が飢えていたのかと思ったライアンは苦笑を零した。

さすがに酷使した下半身は重かったが、それでも幸せな気分が勝っているせいか心は軽い。ライアンは隣にいるまだ深い眠りの中のリンを見下ろした。

「……もう、縛らなくても大丈夫だな」

身体から熱が引いた時、リンは性交の間に交わした言葉を改めて考えて混乱するかもしれない。しかし、自分を思ってくれたがゆえに一度ライアンとの約束を破り、罪悪感を抱いているリンは、それを撤回することはないだろう。

なにより、お互いを感じ合いながら交した想いは絶対だ。リンからの愛の告白も、結婚の承諾も、ライアンにとって生涯初めて感じる幸福の瞬間だった。きっとリンといる限り、その時間は減ることなく増える一方だろう。

本当ならこのままリンと共にゆっくり眠ってしまいたかったが、煩わしいことは早く片付けてしまわなければならない。

ライアンはリンの身体の後始末と自身のそれを済ませ、部屋を出るとウォルターを呼んだ。

「馬車を」

「かしこまりました」

「リンはまだ眠っている。だが」

「今度こそ、この屋敷から逃すことはございません」

今朝、リンにまんまと逃げられてしまったウォルターは、固く誓ったように言いきる。

彼がここまで言うのなら大丈夫だし、今度こそリンは足腰が立たないはずだ。

「用件は直ぐ済む。夕食はリンも一緒に」

「はい」

「それと、早急に仕立て屋の手配をしておいてくれ」

その言葉に、僅かに驚いた表情になったウォルターに向かい、ライアンは悪戯っぽい口調で続けた。

「花嫁が逃げないうちに、周りから固めておかないとな」

「おめでとうございます、ライアンさま」

「ありがとう」

ウォルターの皺深い顔に笑みが浮かぶのを見て、ライアンも口元に笑みを浮かべる。

「……ルイスさまのことは話されるのですか？」

それは、ライアンと血が繋がっていないということをだろうか。もちろん、答えは一つだ。

「ルイスは私の息子だ」

いかなる経緯があるとはいえ、自分の息子として手元に引き取った。この先も、王家のことで煩わせることはさせないし、リンは血など関係なく、家族としてルイスを愛してくれるはずだ。

長年、様々な心配を掛けてしまっている忠実な執事に、ライアンは穏やかな笑みを向けた。

「何も心配することはない」

ウォルターも、ライアンの意を汲《く》んで頷く。

「あちらのご両親にも挨拶に行かれませんと」

「ああ、そうだったな。新しい家族になるんだ、十分なことをさせてもらおう」

用意された馬車に乗り込んだライアンは城へ向かった。

あれから半日ほどしか経っていないが、長い時間を与えたとしても出す結論が変わるわけではないとわかっている。できればあの場ですべてを終わらせたかったくらいだが、先ずはリンとの関係をはっきりさせる方が優先だった。

言わば、今からの時間はライアンにとっては蛇足《だそく》のようなものだ。

城に着いて門番へ来訪を告げると、直ぐに中へと通された。朝とは違うここは、多分レナルドの私室だ。

絶対に人に知られてはいけない話をするのならば、一番安全な場所かもしれないと思えた。

間もなく、扉が開かれてレナルドが入ってくる。朝以上に表情は厳しく、そして青ざめた顔色は酷くなっていた。

「お時間とらせて申し訳ありません」

ライアンが頭を下げると、その目にはいっそう剣呑な光が強くなる。

「……心にもないことを」

「いいえ、本当にそう思っていますよ」

「……」

「なにしろあなたは、この大国ガルディスの国王なのですから」

わざと慇懃《いんぎん》に告げると、レナルドは黙ったまま椅子へと腰を下ろした。膝の上で両手の指を組み、まるで厳しい執行を待つような姿勢に、ライアンはこの場の主導権を自分が握ったことを確信する。

レナルドにとって、父と血が繋がっていないということを知られるのは、それこそ命を絶たれるのと同じほどの大きな恐怖なのかもしれない。

「お心、決まりましたか？」

ライアンの問いに、レナルドは苦々しげに口元を歪めた。

「初めから私の意見など聞くつもりはないのだろう」

「まあ、そうですね。あなたの返事は初めからわかっていましたし」

仮に、レナルドが本当にリンへ想いを寄せていたとしても、彼女と王座を比べれば絶対にレナルドは王座を取る。今までそれほどの犠牲を払ってきただろうし、何よりこの男はガルディス国を愛している。

(私にとっては、国などリンほどの価値もないが)

ライアンは今の地位にも執着がないばかりか、もしかしたら自身の命さえも軽く考えているところがあった。両親の複雑な関係もあるだろうが、これはライアンが生まれ持った性質の方が強いと思う。

だから、最初から勝負はついていた。

何を捨ててもリンを選ぶ自分と、手放せないものがあるレナルドと。

レナルド自身、それはわかっているはずだ。その証拠に、ライアンの言葉に一言も反論しない。

「覚書は、あなたの手で処分してください」

「……いつでも書かせられるからか」

「あなたが私を放っておいてくだされば、二度とあの人に会うことはありませんよ」

離宮には、父と前王妃……レナルドの母親がいた。ライアンが訪ねた時には前王妃は姿を現さなかったが、あの後父からライアンの来訪の理由を聞いただろうか。

——いや、父は話さないだろう。

憎い女の息子である自分がこの国の命運を握るほどの秘密を知っているということを、この先もあの人は夢にも思うことはない。

「……お前は……」

レナルドの呻くような声に、立ち上がりかけたライアンは動きを止めた。

「お前は、私がどこの誰とも知らぬ輩《やから》の子だと、内心蔑んでいたのか」

「……蔑むほど、あなたのことを考えてはいません」

「……」

「私自身、そんなことは忘れていました」

どんな人間の血を引こうが、レナルドが今この国を正しく導いているのに間違いない。

そんな彼を陥れようとは本当に考えたこともなかった。レナルドがしつこく自分に絡んできた時も、己の出生が彼をそうさせているのだろうと達観した思いがあった。そこに、レナルドの血のことなど結びつけたことはない。

「私は、あなたがこのことを知っていたということの方に驚きました。あの方から聞かれたのですか？」

「……」

「ああ、私には関係ないことでした。あなたが真実を知っていようがいまいが、どうでもいいことだ」

「ライアン……」

「この先は、あなたの血を引いた御子がこの国を継いでいく。そうすれば、あなたが正統な王と呼ばれるんです。それでいいのではありませんか」

今度こそライアンは立ち上がった。リンが目覚める前に帰りたいのだ。

「……お前だけ幸せになるというのか」

それは、レナルドの心の叫びだったかもしれない。

理解はできる。だが、ライアン自身ようやく見つけた大切で愛おしい存在だ。他の誰にも譲る気はない。

「あなたもお探しになればいいではありませんか。現王妃でも、他の娘でも、最愛と思える者をご自身で見つければいいのです。もちろん、そこにリンは含まれませんが」

それだけ真摯に告げ、次いで口元に笑みを浮かべた。

「もちろん、ルイスも手放すつもりはありません」

「……己の血を引かぬ子を愛せるのか」

「ええ、前王があなたを愛したように」

「！」

衝撃を受けたかのように息をのんだレナルドに、ライアンは別れの言葉を告げた。

「それでは、レナルドさま、くれぐれも約束を違わぬように」

「……わかった」

「……血は、変えられません」

溜め息と共に絞り出された言葉を聞き、ライアンは自分でも意識しない言葉が零れる。

それに、レナルドが戸惑いの表情を浮かべるのがわかった。

「どこかで、私には兄弟がいると思っていますから」

「！」

何の問題もなくなった今、早くリンの顔が見たい。

足早に廊下を歩き、馬車を停めてある裏門へと向かっていると、突然駆け寄ってきた相手に抱きつかれてしまった。

「ライアン、待って！」

いつも綺麗に整えている髪を振り乱していたのはサンドラだった。

「私の話を聞いてちょうだいっ。王が、王が暇を出すとおっしゃるのよ！　私に城から出ていけと！」

どうやら、ライアンにとってサンドラが何の価値もないとようやくわかったらしい。そうなると、元々愛情があって迎えた相手ではないので、あっさりと切り捨てることにしたのだろう。

（こういうところが、支配者らしい）

「それは大変だね」

ライアンにとってはどうでもいいことだ。いや、一応ルイスの母親だ、一言言っておかなければならないだろう。

「私も近々結婚するんだ。ルイスも懐いているし、君は君の新しい幸せを探すといい」

「結婚っ！」

どんなにとりすがってもレナルドの心が動かない今、その弟でルイスの真実の父であるエリック王子に標的を変えたとしても、あのレナルドが二人を結びつけるわけがない。

そうなると、サンドラにとってアングラード卿という地位のライアンは諦めきれないものに違いない。目をつり上げ、醜く嫉妬で顔を歪めながら問い詰めてきた。

「あの娘ねっ？　あの、リンという娘を妻にするというのっ？　許さないわ！」

「……許さない？」

「あなたの妻も、ルイスの母親も私しかいないの！　あんな娘なんかに……っ」

「あんな娘なんかに……なんだ？」

優しく、綺麗な心根のリンをどうするというのか。

ライアンはサンドラを見下ろす。確かに美しく魅力的な女だが、ライアンにとってはもはやその存在自体が煩わしい。

「もちろん、祝ってくれるね、サンドラ」

一言一言、重い意味を含んで口にする。すると、なぜかサンドラは慌てて身体を離し、怯えたような目をこちらに向けた。

「ラ、ライアン」

「ごきげんよう、サンドラ。君の幸せを願っているよ」

(私の目の届かない場所でね)

もう何も言うことはない。

ライアンは立ち竦むサンドラに笑みを見せると、今度こそ屋敷で待つリンの元へと急いだ。

終章

「ねえ、リン」

「なに？」

「いつ、とおさまのおよめさんになるの？」

「！」

不思議そうなルイスの言葉に、リンは思わず手にした洗濯物を落としてしまった。

「そ、それ、誰から聞いたの？」

「とおさま！　リンがやくそくしてくれたっていったよ？」

「そ、それは……」

それは身体を重ねた後、熱がこもる部屋の中での朦朧とした意識の中、約束した記憶は微かにあった。だが、それを現実とするには色々と問題がある。

(第一、まだ言ってないのに～)

両親にもいまだライアンとのことは伝えておらず、最近頻繁に泊まっていることへの言い訳を考えるのも大変だった。

ライアンは会うごとに愛を囁いてくれ、早く結婚したいと告げてくる。リンだって、ライアンの側にいたい。

しかし、本当に自分でいいのだろうかと不安なのだ。貴族の中でも高位のライアンには、立派な家柄の相手だって望むことができる。平民の、それも何のとりえもない自分が彼の隣に立っても良いものだろうかと、毎日毎日考えれば考えるほど素直になれなかった。

だから、少しだけライアンを避けているなどとは絶対に本人に言えない。

敏《さと》い彼は気づいているかもしれないが。

「リン？」

「あ、あのね、それは、その」

「ちがう？」

「……違うって、いうか……」

ここで意に反して否定すると、またライアンから甘い責めを受けてしまいかねない。思わず口ごもってしまうと、

「！」

突然背後から抱きすくめられてしまった。

「とおさまっ」

「だ、旦那さま？」

確かに、屋敷の中でこんな真似をするのはライアンくらいしかいないが、今話題の中に

出てきていただけにリンは心臓が飛び出てしまうほど驚いてしまった。

腕の中で何とか背後を振り向けば、楽しげに細められた目が自分を見ている。綺麗な碧の目の中には、今は暗い色はない。

「ちょうど探していたんだ」

「わ、私をですか？」

「今夜、君の家に伺うことにしたから」

「……え？」

「君の気持ちが固まるのを待っていたら、私は焦がれる想いに押し潰されてしまいそうだからね。その前に、私の口からご両親に挨拶をしようと思うんだ」

「えぇーっ？」

（旦那さまがうちにっ？　あの、狭くて古い家に来るっていうのっ？）

とても頷けない。

「駄目ですっ」

「どうして？」

「どうしてって、旦那さまがうちなんかに……っ」

「君の家だよ。絶対素敵なところに決まってる。そうだ、ルイスも連れて行こう。君の兄弟とも縁続きになるんだ、どうする？　ルイス」

「いく！」

ライアンとルイスは楽しげに今夜の話をしているが、リンはとても落ち着いて聞いていられなかった。覚悟をしなければならないとは思ったものの、それが今夜というのは唐突すぎる。

だが、混乱するリンの頬に唇を寄せてきたライアンは、ルイスに聞こえないように耳元で囁いた。

「約束」

「！」

リンにとっては、今一番重い言葉だ。それを突きつけられると、自分の羞恥や困惑など小さなものに思える。

「旦那さま……」

「ライアン、だよ」

言い直され、リンは頬が熱くなるのを感じながらも何とか頷いた。

「……わかりました、ライアン」

リンが覚悟したのがわかったのか、抱きしめてくるライアンの腕にいっそう力が込められる。

「愛しているよ、リン」

「……私も、です」

結局、初めからリンはライアンを特別に思っていたのだ。

「あ〜、ぼくも、ぼくも〜」

ルイスがせがみ、ライアンは片腕で抱き上げると、今度はルイスごと抱きしめられる。

幸せそうに笑うライアンとルイスを見ているうちにリンも自然と頬が緩んで、自分からも二人を強く抱きしめた。

END

あとがき

こんにちは、ｃｈｉ－ｃｏです。今回は「子連れ貴族のお世話係」を手にとって頂いてありがとうございました。

まさかの二冊目、とても楽しんで書かせていただきました。

今回の主人公リンはとても生活力があり、守られるだけではなく、自分も相手を守りたい、愛したいという包容力のある女の子です。そのお相手であるライアンは気楽な貴族を装いつつ、本質はかなり屈折した性格の持ち主、しかも子持ち（笑）。

そんな彼がリンと出会い、徐々に変化していく様子をお楽しみください。

イラストは蔀《しとみ》シャロン先生です。もう、ラフ画段階からびっくりするほど綺麗で、そこに色や細かい線が入っていったものは見ていて溜め息が漏れるほど。皆さんにそれを見せられないのが残念だと思いますが、本で見ていただいても十二分にその感動を味わってもらえると思います。

短い時間でご迷惑をおかけしましたが、本当にありがとうございました。

王道溺愛物語、最後までどうぞ楽しんでください。

Sonya
ソーニャ文庫

この本を読んでのご意見・ご感想をお待ちしております。

◆ あて先 ◆

〒101-0051
東京都千代田区神田神保町2-4-7 久月神田ビル7階
㈱イースト・プレス　ソーニャ文庫編集部
chi-co先生／蔀シャロン先生

子《こ》連《づ》れ貴族《きぞく》のお世話係《せわがかり》

2014年12月5日　第1刷発行

著　者　chi-co《ちーこ》

イラスト　蔀《しとみ》シャロン

装　丁　imagejack.inc
ＤＴＰ　松井和彌
編　集　馴田佳央
営　業　雨宮吉雄、明田陽子
発行人　堅田浩二
発行所　株式会社イースト・プレス
〒101-0051
東京都千代田区神田神保町２-４-７ 久月神田ビル８階
TEL 03-5213-4700　FAX 03-5213-4701
印刷所　中央精版印刷株式会社

ISBN 978-4-7816-9544-0
定価はカバーに表示してあります。